A STORMY SPELL

Édition française

THIS GOOD WITCH MYSTERY SERIES

LUCY MAY

DÉVOUEMENT

Le monde est plein de choses magiques, qui attendent patiemment que nos sens s'aiguisent. ~ W.B. Yeats

CHAPITRE UN

JULIETTE GOOD

— Aïe ! m'exclamai-je, en secouant vivement la main pour dissiper la sensation de brûlure dans mes doigts.

Cela faisait des années, depuis mon adolescence en fait, que je n'avais pas eu de mal à maîtriser un sort électrique. En baissant les yeux vers ma main, je vis que le bout de mes doigts était rouge vif. Mon regard a parcouru l'allée de gravier jusqu'à l'endroit où j'avais jeté le sort, pour s'arrêter sur une zone carbonisée au sol.

— Qu'est-ce qui s'est passé ? demandèrent Celia et Delia à l'unisson en accourant du porche de la maison de mes parents, où elles étaient assises.

Mes cousines jumelles s'arrêtèrent devant la tache noircie sur le sol, leurs deux têtes brunes penchées l'une vers l'autre tandis qu'elles regardaient en bas. Quand je les ai rejointes depuis l'endroit où je me tenais près du garage, deux paires d'yeux ronds et bleus se sont levées vers moi.

— Ça va ? demanda Delia en attrapant ma main.

— Je crois, oui. Mais j'ai les doigts tout chauds. Je ne sais pas ce qui vient de se passer. Ce n'est certainement pas sur le sol que j'essayais de jeter un sort, expliquai-je.

Celia regarda par-dessus mon épaule en direction du lampadaire monté sur un socle en granit au bout de l'allée circulaire de mes parents. Il n'était là qu'à des fins purement décoratives. De chaque côté de l'allée se trouvaient deux poteaux carrés en granit, surmontés de lumières. Quelques instants plus tôt, ma mère avait fait remarquer que l'une des ampoules avait grillé et m'avait demandé de la réparer.

C'était assez simple. Réparer tout ce qui était électrique était facile pour moi avec mes pouvoirs. Suivant le regard de Celia, je vis que la lumière fonctionnait de nouveau. Cependant, elle brillait si fort que, même en plein jour, je dus me protéger les yeux.

Celia se tourna vers moi, l'air perplexe. — Euh, Juliette, je crois qu'il y a eu un problème.

— Sans blague ? murmurai-je en m'avançant vers la lampe pour l'inspecter. En me rapprochant, je pus voir des étincelles crépiter tout autour.

Ma main était encore chaude, presque brûlante. Me tournant vers les jumelles, je demandai : — L'une de vous peut courir chercher mon père à l'intérieur ?

Je ne serais pas capable de tempérer ce pouvoir, mais mon père, si.

Celia partit en courant, sa queue de cheval se balançant d'un côté à l'autre alors qu'elle montait sur le porche et franchissait la porte d'entrée. Quelques secondes plus tard, mon père sortit derrière elle d'un pas décidé.

Comme d'habitude, il avait l'air parfaitement calme. Grand et majestueux, mon père parvenait toujours à donner l'impression d'être sorti des pages d'un livre d'histoire, quelle que soit la situation. Ses cheveux argentés brillaient sous le soleil tandis qu'il s'arrêtait à côté de moi, ajustant ses lunettes sur son nez.

Son regard bleu perçant passa de moi à la tache carbonisée sur le sol. Sans un mot, il se dirigea vers la lumière sur le poteau au bout de l'allée. Il leva une main et l'immobilisa à côté de la lampe. Au bout d'un instant, les étincelles se dissipèrent et la lumière se mit à briller normalement, presque comme s'il avait utilisé un variateur pour en régler l'intensité.

Baissant la main, il revint à mes côtés. — Comment te sens-tu ? demanda-t-il.

— Bien, je crois. J'ai des picotements dans les doigts, dis-je en levant les mains et en les frottant l'une contre l'autre. La sensation de brûlure avait enfin commencé à s'estomper.

Les yeux de mon père se plissèrent tandis qu'il baissait de nouveau le regard vers la zone noircie sur le sol.

— Il s'est passé quelque chose d'inhabituel quand tu as jeté le sort pour réparer la lumière ?

— Non, pas au moment où je l'ai jeté. Mais ensuite, j'ai senti mes doigts prendre feu et le sort a zigzagué. Même à l'époque où j'avais plus de mal à maîtriser ce pouvoir, ça n'était jamais arrivé.

Bien que mon père soit resté extérieurement calme, je pouvais sentir son inquiétude. En tant que puissant sorcier, mon père avait vu et fait bien des choses dans le domaine de la magie. J'avais l'impression qu'il avait peut-être déjà vu quelque chose de semblable, mais il ne semblait certainement pas disposé à le partager avec nous.

— À ton avis, que s'est-il passé ? lança Delia d'une voix guillerette.

Mon père, Liam Good Sr., jeta un coup d'œil aux jumelles, l'ombre d'un sourire se dessinant au coin de ses lèvres. — Je ne sais pas exactement. Le pouvoir électrique est difficile à maîtriser. Tout va bien maintenant, alors espérons que ce n'était qu'un simple raté.

J'entendis la voix de ma mère et jetai un coup d'œil par-dessus mon épaule pour la voir approcher. — Ça va, ma chérie ? lança-t-elle.

— Je vais bien, répondis-je quand elle arriva à mes côtés.

Je vis un *regard* s'échanger entre mon père et elle et j'aurais aimé qu'ils ne soient pas toujours aussi circonspects. Quoi qu'il se soit passé, j'espérais vraiment que ce n'était rien de plus qu'un incident isolé.

———

Quelques heures plus tard, je regardai ma belle-sœur, Moira, de l'autre côté de la table et secouai la tête. — Non, rien d'autre ne s'est produit depuis. Bien sûr, je n'ai pas non plus essayé de jeter de sorts.

Le nez de Moira se plissa tandis qu'elle me regardait de l'autre côté de la table, à l'Enchanted Spirits. Nous nous y retrouvions pour dîner tard et prendre un verre.

À ce moment précis, un grand bruit de verre brisé retentit derrière nous. Nous nous retournâmes à l'unisson. En levant les yeux, nous vîmes que deux des lampes fixées au-dessus du bar avaient explosé, projetant des éclats de verre sur le comptoir et laissant les deux ampoules nues crépiter sauvagement.

— Oh-oh. Ce n'est pas bon signe, murmura Moira.

— On devrait... — Avant même d'avoir fini ma question, j'y ai répondu moi-même. — Inutile d'y aller. On dirait qu'ils ont plein d'aide. — Le barman et quelques autres étaient déjà en train de nettoyer et de changer les ampoules. Je vis quelques regards inquiets, mais les affaires continuaient.

— Vu que je suis assise juste en face de toi, je sais bien que tu n'as jeté aucun sort. Je te demande ça parce que j'ai parlé à la mère de Zoe cet après-midi en passant voir Zoe et le bébé. Elle a dit qu'un de ses sorts a aussi mal tourné cet après-midi. Tout ce qu'elle faisait, c'était de donner un peu de pouvoir à ses fleurs, a dit Moira.

— Elle pense que c'était juste un incident isolé ?

Moira a haussé les épaules. — Sur le coup, oui. Mais le pouvoir des plantes est bien plus facile à gérer que le pouvoir électrique.

Je me suis retenue de répondre. Parfois, j'en avais marre des commentaires sur la difficulté de maîtriser le pouvoir électrique. Personne n'avait besoin de me le dire. C'était moi qui avais ce pouvoir. Je m'étais aussi fait une petite réputation au lycée pour avoir raté quelques sorts quand mes pouvoirs ont commencé à se manifester. J'avais appris à le contrôler, mais c'était difficile et ça demandait de l'habileté. Parfois, j'avais l'impression de tenir du feu dans mes mains.

Moira a continué, ignorant tout de mes réflexions. — Elle était sous le choc parce qu'elle n'avait pas eu de problèmes avec ses sorts depuis des décennies. À quelle heure exactement est-ce que ça s'est passé cet après-midi ?

— Oh, c'était après l'école, parce que les jumelles étaient à la maison. Je ne faisais pas attention à l'heure, mais je dirais que c'était vers trois heures et demie ou quatre heures.

Moira a sorti son téléphone de son sac à main et a tapoté l'écran pour le déverrouiller. — J'envoie un texto à Bets tout de suite.

Pendant qu'elle envoyait son message, je me suis tournée pour voir ce qui se passait avec les lumières. Le barman avait déjà nettoyé les bris de verre sur le bar et les clients s'étaient reculés, quelques-uns aidant à balayer le verre sur le sol. Bien qu'ils aient changé les ampoules, les lumières étincelaient de nouveau.

Alors que je me demandais qui nous pourrions appeler pour aider à maîtriser ce qui se passait, le mari de Moira, Liam, qui se trouvait aussi être mon frère, est entré par la porte d'entrée. D'un rapide coup d'œil à la pièce, il s'est dirigé directement vers le bar et a dit quelque chose au barman.

Un instant plus tard, il est monté sur un tabouret fourni par le barman. Bien qu'il ait eu l'air de dévisser les ampoules, je savais qu'il était en train de calmer ce qui se passait avec l'électricité.

Moira n'avait même pas remarqué l'arrivée de Liam et a levé les yeux. — Bets a dit que c'est à peu près au même moment que son sort a dérapé. Je ne sais pas ce qui se passe, mais mon instinct me dit que quelque chose cloche.

Au cours des vingt-quatre heures suivantes à Charm Cove, des rapports ont commencé à fuser de toutes parts concernant des sorts devenus incontrôlables au sein de la communauté des sorcières et des sorciers. Même les plus mineurs, comme l'ouverture d'une serrure.

L'exemple le plus extravagant est venu d'un philtre d'amour vendu chez Persnickety Potions & Gifts. Apparemment, un homme est tombé à genoux en proclamant son amour à tue-tête sur le trottoir juste devant la boutique. Problème mineur : il déclarait sa flamme à une corneille perchée sur un panneau de signalisation au coin de la rue.

Nous avions un problème. Un problème de magie.

CHAPITRE DEUX

J'ai suivi du doigt la rangée sur le tableur imprimé, m'arrêtant lorsque je suis arrivée au chiffre que je cherchais.

— Juste là, ai-je dit en tapotant le chiffre de l'index. Ça cloche presque un mois sur deux.

Tante Opal s'est penchée par-dessus le comptoir où elle était assise à côté de moi sur un tabouret, près de la vitrine en verre qui servait aussi de caisse à Beauty Bewitched. Beauty Bewitched était une boutique gérée par ma grande famille élargie, les Good. Actuellement, c'était tante Opal qui en tenait les rênes. Ses yeux ont parcouru la rangée, s'attardant sur le nom du fournisseur.

— Alors, qu'est-ce que ça veut dire ? a-t-elle demandé.

— Tout simplement, ça signifie que, tous les quelques mois, leurs chiffres clochent. Je ne suis pas certaine de comprendre pourquoi, mais nous devrions surveiller ça de près. J'allais faire quelques recherches dans l'ancienne comptabilité, mais je voulais d'abord en discuter avec toi. Chaque fois que ça ne correspond pas, c'est à leur avantage. Tu passes une commande et tu paies en fonction de ce que tu commandes. Mais quand ils l'expédient, l'inventaire est légèrement différent et les documents qui l'accompagnent reflètent ce qu'ils ont envoyé, mais pas ce que tu as réellement payé d'avance. C'est pour ça que je voulais mettre en place un système automatisé pour faire des vérifications croisées.

Opal a retiré ses lunettes, les laissant pendre à la chaîne argentée autour de son cou tandis qu'elle tapotait du bout des doigts sur le verre.

— C'est certainement un problème. Ça fait des années qu'on travaille avec Alden Beauty Supply. Chaque fois que je peux, je vais à leur fête de fin d'année à Portland, a-t-elle dit, ses yeux bleus écarquillés de consternation.

— Je sais. Une année, maman m'a emmenée avec elle. Je suppose que tu ne pouvais pas y aller et tu voulais que quelqu'un de la famille soit présent.

Opal a esquissé un sourire, mais a aussitôt retrouvé son sérieux, laissant échapper un soupir.

— Je déteste avoir à te demander ça, mais j'aimerais que tu jettes un œil aux comptes de l'année passée. Tu sais qu'on adorait Norma, mais elle a commencé à s'occuper de notre comptabilité avant l'ère de l'informatique. Pour nos partenaires commerciaux de longue date comme les Alden, nous leur faisons confiance. Il n'y a jamais eu de raison de douter de leur honnêteté. J'apprécie ce que tu fais avec les vérifications croisées et tout le reste. J'aimerais savoir depuis combien de temps ça dure. Tu crois que ça pourrait être une erreur de leur part ?

— C'est peu probable, mais toujours possible. Les gens aiment dire que les ordinateurs peuvent éviter les erreurs, mais il suffit de lire les nouvelles pour savoir que ce n'est pas le cas. Je me ferai un plaisir de fouiller dans les anciens dossiers. Y a-t-il eu des changements de direction ou quelque chose du genre pour ce fournisseur ?

— Maintenant que tu en parles, les Alden ont pris leur retraite et ont passé les rênes à leur fille il y a environ trois ans. Je ne sais pas à quel point ils ont été impliqués dans les détails depuis.

— Entendu. Bon, je vais regarder ça. Sinon, tout le reste a l'air en ordre. On vend vraiment beaucoup de ces crèmes anti-âge, ai-je dit en secouant légèrement la tête.

— Eh bien, ma chère, elles fonctionnent. C'est l'avantage de pouvoir ajouter une pincée de magie après avoir reçu les ingrédients de base, a répondu Opal avec un clin d'œil malicieux, tout en remettant ses lunettes et en se tournant pour orienter l'ordinateur portable qui servait aussi de caisse enregistreuse vers nous deux. Regarde un peu ces chiffres de l'année dernière.

Elle m'a montré nos excellents résultats. Beauty Bewitched réalisait un chiffre d'affaires florissant en ligne. Nous devions gérer nos commandes, car nous ne pouvions jeter qu'un nombre limité de sorts, et ça ne fonctionnait pas pour les commandes en gros.

Beauty Bewitched vendait des produits de beauté de toutes sortes. J'avais repris la comptabilité lorsque la comptable de longue date de notre famille avait finalement pris sa retraite, soulagée de pouvoir passer le flambeau à quelqu'un de confiance. J'espérais sincèrement que je n'allais pas découvrir qu'elle avait négligé des erreurs comme celle-ci pendant trop longtemps.

— Sur un autre sujet, as-tu entendu autre chose à propos de cette vague de sorts qui ont complètement raté l'autre jour ? ai-je demandé en empilant les tableurs et en les glissant dans un dossier avant de le ranger dans la sacoche de mon ordinateur.

Opal a pincé les lèvres, tapotant de nouveau du bout des doigts sur le comptoir en verre.

— Rien de plus que les signalements qui continuent d'arriver. Tout le monde évite les sorts majeurs. La dernière chose dont on a besoin, c'est de rater quelque chose d'important. Ça m'inquiète.

— Évidemment. J'ai failli me brûler la main. Je n'ai pas osé jeter un sort depuis. Rien que l'idée me stresse.

— Comme je le disais à Maria ce matin quand je l'ai croisée au Magic Beans, il faut qu'on fasse un test avec quelqu'un qui jette un sort pendant qu'une autre personne ayant des pouvoirs d'atténuation se trouve à proximité. Dans ton cas, c'est assez simple. Demande à ton père.

— Mon père l'a déjà fait, car il m'a aidée à calmer le sort qui a mal tourné pour moi hier. Mais comment allons-nous trouver la cause initiale de tous ces sorts qui partent en vrille ?

— Si ça ne se résout pas d'ici quelques jours, il faudra qu'on se mette à fouiner. J'ai déjà demandé à Jacob de voir s'il peut remonter des pistes. Nous avons suffisamment d'incidents spécifiques pour qu'il puisse mener sa petite enquête. À mon avis, c'est un accident. En général, c'est le cas pour ce genre de choses. Rien de grave n'est encore arrivé, à part des désagréments mineurs.

J'ai hoché la tête.

— Je compte sur toi pour me tenir au courant si tu entends quoi que ce soit. En attendant, j'ai promis à Moira et Zoe de les retrouver pour un café au Magic Beans, alors il faut que j'y aille.

— Alors, dépêche-toi. As-tu besoin de quelque chose de ma part pour examiner l'ancienne comptabilité ? a-t-elle demandé alors que je me levais et attrapais ma veste polaire légère sur les crochets derrière le comptoir.

— Je ne vois rien. J'ai déjà accès à tous les dossiers dont j'ai besoin. Ça va me prendre un peu de temps pour tout passer en revue, mais je m'en occuperai.

Me penchant, je lui ai déposé un baiser sur la joue et j'ai quitté la boutique d'un signe de la main. L'air printanier était vif cet après-midi. Une légère brise venue de l'océan soufflait dans les rues pittoresques de Charm Cove. Je me suis arrêtée, laissant mon regard balayer la ville. De jolis bâtiments de style colonial bordaient les rues. Un parc communal parfaitement carré se trouvait juste en face de Beauty Bewitched. M'assurant qu'aucune voiture n'arrivait avant de traverser la rue, je me suis dépêchée de monter sur le trottoir pavé avant de pousser le portail en fer forgé qui menait au parc.

J'ai souri lorsque mes yeux se sont posés sur le grand sapin baumier au centre du parc. À mon grand dam, il avait failli être réduit en cendres un soir, à mon retour de vacances quelques mois plus tôt. Heureusement, nous avions résolu ce petit problème. Mon frère aîné, Liam, qui a le don de restauration, avait rendu à l'arbre sa gloire d'antan. Le joli sapin baumier était d'un vert éclatant, et la brise ébouriffait légèrement ses branches.

— Juliette ! a appelé une voix.

Faisant une pause, j'ai regardé autour de moi et j'ai vu Beatrice Powers me faire signe depuis le coin opposé du parc, précisément dans la direction où je me dirigeais. Je lui ai fait signe à mon tour et j'ai accéléré le pas. Bien sûr, Beatrice n'est pas restée là à attendre. Même si elle n'effectuait pas sa marche rapide matinale, qu'elle faisait quotidiennement quel que soit le temps, Beatrice s'est avancée d'un pas vif à ma rencontre.

— Bonjour, ma chère, a-t-elle dit en s'arrêtant devant moi.

— Bonjour, Beatrice. Vous faites une promenade supplémentaire aujourd'hui ?

— Je suis juste sortie faire des courses. Comment allez-vous ?

— J'étais chez Beauty Bewitched pour examiner quelques problèmes de comptabilité avec Opal, et maintenant, je vais retrouver Moira et Zoe pour prendre un café.

— Avez-vous vu le bébé de Zoe récemment ? Elle est adorable, a dit Beatrice, ses yeux bruns pétillant avec son sourire. Bien que Beatrice ait plus de quatre-vingt-dix ans, on ne l'aurait jamais deviné. Elle se maintenait en très bonne santé grâce à sa marche. Avec ses cheveux argentés et le fin réseau de rides sur son visage, elle était svelte et énergique. C'était une cliente régulière de Beauty Bewitched et elle insistait sur le fait que les lotions que nous vendions pour les soins de la peau étaient vraiment magiques. Étant l'une des sorcières les plus puissantes de Charm Cove, et donc du monde, je ne pouvais qu'imaginer à quel point ces lotions devenaient puissantes une fois que sa magie s'en mêlait.

— Elle est adorable, en effet. C'est Bets qui la garde cet après-midi pour un moment grand-mère, alors Zoe a dit qu'elle avait envie d'un café. Elle s'en est passée pendant neuf mois, vous savez.

- Bien sûr. Sinon, avez-vous eu d'autres mésaventures ? a demandé Beatrice en levant la main comme pour jeter un sort.

Même si je n'avais pas parlé de mon petit sortilège raté avec Beatrice, elle savait généralement tout, donc je ne doutais pas qu'elle ait entendu toute l'histoire. — Je n'ai pas jeté un seul sort depuis. Mais ce n'était pas seulement de ma faute. Vous le savez, n'est-ce pas ?

— Oh, bien sûr que je le sais. J'ai eu de la chance de ne pas avoir de problèmes. Je lançais un petit sort pour chauffer mon thé, car je n'avais pas envie de me lever et de tout recommencer avec la bouilloire. Heureusement, je me suis rendu compte que quelque chose clochait et j'ai bloqué mon propre sort.

— Eh bien, c'est pratique, ai-je offert avec un sourire.

— Je suis sûre que vous vous renseignez déjà de votre côté, et vous savez que j'en fais autant. Pour l'instant, nous n'avons rien. Espérons que ce printemps sera moins mouvementé que le précédent, a-t-elle dit en haussant les sourcils et en secouant légèrement la tête.

Beatrice faisait référence à l'événement qui avait valu à Charm Cove le surnom de *Merveille du Monde des Pâquerettes*. Une dispute entre deux sorcières âgées au sujet d'un vieux différend avait conduit la ville à se retrouver couverte de pâquerettes. L'affaire avait fait grand bruit et attiré une attention médiatique considérable et non désirée.

— Je suis sûre que tout le monde espère un printemps ennuyeux en matière de sortilèges. Pour l'instant, les seules personnes qui savent que quelque chose ne va pas sont les sorcières et les sorciers. Nous devrions pouvoir régler ça rapidement.

— Nous y arriverons. Passez une bonne pause-café avec vos amies, ma chère, a dit Beatrice en me serrant le coude avant de me dépasser d'un pas pressé.

CHAPITRE TROIS

L'enseigne du Magic Beans me faisait de l'œil tandis que je traversais la place du village. Elle venait d'être repeinte, et ses lettres d'un bleu vif étaient joyeuses. Avec les fleurs parsemées autour du nom du café, elle s'accordait parfaitement avec le printemps. Quelques instants plus tard, en poussant la porte, la riche odeur de café et de viennoiseries m'a envahie.

Il y avait la queue à la caisse. Le café était bondé, comme toujours, quelle que soit la période de l'année. J'ai balayé du regard le petit espace en attendant, et mes yeux se sont posés sur Moira dans le coin, au fond. Elle m'a fait un signe de la main, auquel j'ai répondu.

Quand je suis arrivée en tête de la file, Sarah Glen, dont la famille possédait le Magic Beans, m'a adressé un grand sourire. — Bon après-midi, Juliette. Moira m'a dit que tu la rejoignais ici. Qu'est-ce que je te sers ?

— Je vais prendre un américano. Un peu de caféine ne me ferait pas de mal. Quelles sont tes spécialités du jour ?

Sarah préparait déjà mon café. Sa queue de cheval blonde a oscillé quand elle a jeté un coup d'œil par-dessus son épaule. — On a des muffins aux myrtilles et aux pépites de chocolat blanc. En salé, on a des popovers épinards, artichauts et feta. La question, j'imagine, c'est sucré ou salé ?

— Salé. Je vais prendre deux popovers. Et aussi, paie le café de Zoe et tout ce qu'elle prendra quand elle arrivera. J'ai posé un billet de vingt dollars sur le comptoir.

— Bien sûr. Sarah a fait une pause après avoir tapoté les boutons de la machine à expresso pour mettre deux popovers dans le petit four à côté, avant de se retourner vers moi. — Qu'est-ce que je fais du reste de la monnaie ?

— Garde-la pour le pourboire, ai-je offert avec un sourire.

Sarah m'a fait un clin d'œil. — Eh bien, merci.

Juste à ce moment-là, la cafetière a bipé derrière elle et elle s'est détournée. — Assure-toi de laisser de la place pour la crème, ai-je dit.

Un instant plus tard, Sarah m'a tendu mon café et les deux popovers sur une petite assiette. — Régale-toi.

Alors que je lançais mes remerciements, Sarah s'occupait déjà du client suivant. Je me suis faufilée entre les tables jusqu'à celle que Moira avait réquisitionnée dans le coin, me glissant sur la chaise en face d'elle. — Salut. Je vois que tu es arrivée avant moi.

— Pas difficile, vu que Liam voulait arriver tôt pour une réunion, a répondu Moira.

— Tu aurais pu prendre ta voiture, ai-je dit en m'arrêtant pour siroter mon café.

— Oh, je sais. Mais on finit à la même heure, c'est juste plus efficace de venir ensemble.

— Et en plus, tu l'aimes bien. J'ai souri.

Ses joues ont légèrement rougi tandis qu'elle souriait. — J'espère bien, vu qu'on est mariés. Oh, voilà Zoe, a-t-elle dit, lui faisant signe alors que je tournais la tête pour voir Zoe se mettre au bout de la file d'attente.

Zoe nous a fait un signe en retour. — Je n'arrive pas à croire que son bébé a déjà presque quatre mois. J'ai pris un de mes popovers et j'ai croqué dedans. — Trop bon, ai-je murmuré entre deux bouchées.

— Je sais. Les popovers de Sarah sont divins. J'ai déjà fini le mien.

Avant que Zoe n'arrive à notre table, Isobel Martin s'est arrêtée près de nous en sortant. — Bonjour, les filles. Comment allez-vous ?

— Très bien, Isobel, et toi ? a répondu Moira.

J'ai levé le pouce en mâchant.

— Je vais bien. J'ai entendu dire qu'on a encore des problèmes avec les sorts. J'ai même eu un petit souci hier après-midi, a commenté Isobel, une main sur la hanche. Le petit chignon au sommet de sa tête a légèrement vacillé quand elle a hoché la tête assez vigoureusement.

— Je ne lance même plus de sorts en ce moment. Et toi ? ai-je demandé.

Les yeux d'Isobel se sont légèrement agrandis. — Je ne savais pas qu'on devait toutes arrêter. Je pensais que c'était juste un coup de malchance.

Moira est intervenue. — Je crois qu'on a toutes pensé que c'était un coup de malchance. Sauf que ce coup de malchance ne semble pas vouloir s'arrêter. Honnêtement, je ne sais pas s'il vaut mieux ne lancer aucun sort, ou s'en tenir à des petits.

— Tout ce que j'essayais de faire, c'était de donner un petit coup de pouce à une de mes plantes, a expliqué Isobel à la hâte. Isobel était une sorcière issue d'une famille sans grand pouvoir. Elle était fière de faire partie de la communauté des sorcières et voulait toujours participer à tout ce qui se passait.

— Je suppose qu'il est plus logique de s'en tenir à de petits sorts, juste pour voir ce qui se passe. Pour cette raison, c'est bien que tu aies essayé quelque chose, ai-je proposé. — Qu'est-il arrivé à ton sort ?

— Il a juste mal tourné et a atterri près de la plante, rien de plus. On a une idée de ce qui pourrait causer ces problèmes ? a demandé Isobel.

Moira et moi avons haussé les épaules en même temps. — Pas la moindre idée, ai-je dit.

Je savais — parce que Moira et moi nous étions envoyé des textos à ce sujet la nuit dernière — que Moira n'en avait pas la moindre idée, tout comme moi.

— Bon, espérons que ça se réglera tout seul bientôt. C'est peut-être juste un truc atmosphérique, a suggéré Isobel.

— Atmosphérique ? a demandé Moira.

— Tu sais, comme la météo. On a eu des éclairs de chaleur tard hier soir, a expliqué Isobel.

— Des éclairs de chaleur ? Il ne faisait même pas si chaud. Quand as-tu vu ça et où ? ai-je demandé.

À ce moment-là, Zoe est arrivée à notre table. Ses boucles brunes rebondissaient sur ses épaules alors qu'elle s'asseyait sur la chaise restante, de l'autre côté de la table par rapport à Isobel. Elle a sauté à pieds joints dans la conversation. — J'ai vu les éclairs aussi. Le truc le plus bizarre. Parce que tu as raison, il ne fait pas encore si chaud.

— C'était au-dessus de l'océan, a ajouté Isobel. — C'est là que je les ai vus, en tout cas. Et toi ? Ses yeux se sont tournés vers Zoe.

— Pareil pour moi. On voit l'océan depuis l'étage de notre maison.

— Tiens, c'est bizarre, ai-je murmuré.

— Les filles, c'est toujours un plaisir de vous voir, mais je dois filer. J'ai des courses à faire aujourd'hui. Isobel s'est éloignée précipitamment.

Je me suis tournée vers Zoe. — Tu es sûre pour les éclairs ?

Zoe a haussé les épaules. — C'est ce que j'ai cru voir. Je suis d'accord, c'est un peu étrange parce qu'il ne fait pas encore assez chaud pour des éclairs de chaleur. Qui sait ? Comme pour tout, je me dis que le mieux est d'attendre de voir. — Zoe a regardé Moira. — Je sais que tu ne peux pas t'empêcher d'essayer de comprendre ce qui se passe, l'a-t-elle taquinée avant de marquer une pause pour siroter son café. Se tournant vers moi, elle a souri. — Merci. D'après Sarah, tu m'as payé mon café et un popover. Elle a précisé que je pouvais en prendre plus d'un, mais j'essaie de perdre mes kilos de grossesse. — Zoe s'est tapoté la hanche.

— Tu as déjà perdu tes kilos de grossesse, a insisté Moira. À part le fait que tu avais un joli ventre rond, tu n'as presque pas pris de poids pendant ta grossesse.

Zoe a levé les yeux au ciel, ostensiblement. — Adorable de dire ça, merci d'être mon amie. Mais crois-moi, j'ai pris du poids.

— Comment va la petite Betsey ? ai-je demandé.

Zoe a immédiatement sorti son téléphone pour montrer une série de photos. La fille de Zoe et Daniel était tout simplement adorable. Elle avait les boucles de sa mère et les yeux marron de ses deux parents. — Maman me dit de ne pas être trop impatiente qu'elle rampe, mais j'ai hâte.

— Après, tu devras lui courir après partout. Du moins, c'est ce que j'ai entendu dire, ai-je commenté.

Zoe a souri. — J'en suis sûre. Avec toute l'énergie qu'elle a, je pense qu'elle va m'épuiser, mais je vais adorer chaque minute.

— Autant que d'avoir le droit de boire à nouveau du café ? ai-je taquiné.

Nous avons terminé notre café de l'après-midi en bavardant de choses et d'autres. Depuis que j'étais revenue en ville, nous avions fait de ce rendez-vous un rituel quasi hebdomadaire pour nous trois. C'était agréable de retrouver mes marques à Charm Cove. Mon travail me plaisait et ma relation avec Donovan semblait prendre une direction positive.

En partant, nous avons traversé la place du village toutes les trois, car Moira voulait nous montrer de nouvelles potions dans sa boutique. Lorsque nous sommes passées devant la fontaine, Zoe a jeté un coup d'œil dans ma direction et a demandé : — D'autres vœux se sont réalisés ?

— Pas que je sache. J'ai pu passer sans danger près de la fontaine avec des étrangers qui ne sont ni sorcières ni sorciers, et il ne s'est rien passé, ai-je répondu avec un grand sourire.

Zoe faisait référence à la vague temporaire de vœux exaucés après que j'aie fait une pause fantaisiste pour jeter une pièce dans cette fontaine juste après les fêtes. La fontaine était légendaire parmi les sorcières et les sorciers pour son pouvoir de réaliser les vœux. Ce pouvoir était censé être réservé aux sorcières et aux sorciers, et même pour eux, c'était assez irrégulier.

Ce soir-là, la combinaison de mes pouvoirs électriques et de ceux du sorcier caché sur la place nous a fait jeter des sorts en même temps. L'hypothèse était que ce hasard avait en quelque sorte ravivé le moteur de l'ancien sortilège pour une brève période. Personne ne le savait vraiment, mais les spéculations ne manquaient jamais au sein de la communauté surnaturelle de Charm Cove. Jetant un regard à la fontaine ornée de granit, qui avait été autrefois un abreuvoir pour chevaux, j'ai haussé les épaules. — Je pense que ce n'est plus qu'une vieille fontaine ordinaire maintenant. Même si ça m'a inquiétée, c'était plutôt amusant tant que ça a duré.

Moira a eu un petit rire. — Ouais. Amusant, c'est mieux que des cadavres qui apparaissent dans la fontaine.

Zoe a secoué la tête. — Pauvre Alvin.

Nous avons continué à marcher, et j'ai ajouté : — C'est ce qui arrive avec un sortilège de trébuchement.

Alvin était un homme, aujourd'hui décédé, qui avait trouvé la mort après que son triangle amoureux a implosé, qu'un sortilège de trébuchement et son état d'ébriété l'ont fait atterrir dans la fontaine. Ma mère avait ensuite jeté un sort de purification dans la fontaine pour empêcher sa présence de s'attarder.

Alors que nous atteignions l'autre côté de la place du village, nous arrêtant sur le trottoir pour laisser passer la circulation, nous avons entendu un grondement de tonnerre dans le ciel. Le soleil a été rapidement masqué tandis que nous levions les yeux ensemble. La matinée ensoleillée de printemps est devenue presque instantanément nuageuse et couverte. Les nuages étaient sombres et menaçants, du genre de ceux que l'on voit avant qu'un orage n'éclate en plein été. Non pas qu'il n'y ait pas d'orages au printemps, mais ils avaient tendance à être plus doux.

Nous avons regardé la foudre zébrer le ciel. Des traînées d'électricité déchiquetées d'un or argenté ont scintillé à travers les nuages sombres, suivies instantanément d'un autre grondement de tonnerre avant que la foudre ne crépite à nouveau. Jetant un regard entre Zoe et Moira, j'ai ouvert la bouche pour commenter à quel point c'était étrange quand le ciel s'est littéralement ouvert et a commencé à déverser des trombes d'eau sur nous.

— Mettons-nous à l'abri ! ai-je crié à la place, mes paroles à peine audibles même pour mes propres oreilles tant la pluie martelait le sol.

Nous avons traversé la rue en courant, nous blottissant sous le petit auvent au-dessus de l'entrée de Potions & Cadeaux Perspicaces, la boutique familiale que tenait Moira. Les mains mouillées par la pluie, Moira a fait tomber ses clés. À la deuxième tentative, elle a réussi à déverrouiller la porte, et nous nous sommes précipitées à l'intérieur.

Haletantes et trempées pour n'être restées peut-être que soixante secondes sous la pluie, nous nous tenions toutes les trois, dégoulinantes d'eau sur le tapis. Moira s'est affalée contre la porte.

— C'est quoi ce bordel ? a marmonné Zoe en écartant ses boucles mouillées de son visage.

CHAPITRE QUATRE

— Rappelle-moi encore, c'est quoi ce truc où on va ? a demandé Donovan tout en conduisant.

— C'est la pièce de théâtre communautaire annuelle de Charm Cove.

— Ils jouent toujours *Le Songe d'une nuit d'été* au printemps ? a-t-il plaisanté en jetant un coup d'œil de côté alors qu'il s'arrêtait à un stop.

J'ai levé les yeux au ciel, riant et secouant la tête. — Non. Le club de théâtre du lycée vote pour la pièce qu'il veut monter. Il se trouve que c'est celle qu'ils ont choisie cette année.

— Oh, il n'y a que les élèves ?

— Le club de théâtre participe, mais des gens de la communauté auditionnent aussi pour des rôles. Au final, c'est un événement sympa.

Nous étions en route pour la pièce de théâtre communautaire. Cette année, la ville venait de faire revivre ce qui était autrefois une célébration annuelle du printemps. C'était la première fois que la ville organisait à nouveau le festival. Comme la pièce annuelle du lycée tombait à peu près au même moment, le conseil municipal avait décidé de l'inclure dans l'organisation générale du festival.

Donovan et moi y allions, et nous ne serions certainement pas les seuls. Je m'attendais à y voir pratiquement tout le monde que je connaissais en ville.

Alors que Donovan engageait la voiture dans Wicked Way, il a commenté : — Tu m'avais prévenu que se garer serait un défi. Une suggestion ?

— Oh, oui. Garons-nous derrière Beauty Bewitched. J'ai oublié de te dire qu'Opal m'a envoyé un texto pour me dire qu'elle avait réservé quelques places de parking pour la famille.

— Elle a bien fait. Les yeux de Donovan balayaient les rues bondées.

Avec la pièce de théâtre et le festival, tout le centre-ville avait été fermé à la circulation, seuls les piétons y avaient accès. Il y aurait des jeux et de la nourriture sur l'esplanade, ainsi que des stands d'artisanat. Heureusement, il semblait y avoir une accalmie dans le mauvais temps qui s'était abattu sur Charm Cove ces derniers jours.

Comme s'il pouvait lire dans mes pensées, Donovan a dit : — Au moins, le ciel est dégagé pour l'instant.

— Pour *l'instant*, c'est bien là le problème, ai-je répondu avec un soupir. Avec la chance qu'on a, on aura du tonnerre, des éclairs et une nouvelle averse dans la soirée. J'aimerais vraiment qu'on ait une idée de ce qui se passe.

— Je sais. Même si ça n'a duré qu'un quart d'heure, il a plu si fort hier que ça a complètement dévasté les jeunes plants que nous avions mis dans la nouvelle partie du verger.

— Ma mère était très contrariée à cause de ses fleurs. Elle a pu lancer un sort pour les faire reprendre, mais elle n'a pu le faire qu'avec mon père à ses côtés pour l'atténuer afin qu'il ne devienne pas incontrôlable, ai-je commenté.

— Est-ce que quelque chose comme ça est déjà arrivé avant ? a demandé Donovan en tournant sur le parking derrière Beauty Bewitched.

— Attends, ai-je dit, en ouvrant la portière et en déplaçant l'un des cônes orange qu'Opal avait placés sur la place de parking avant de faire signe à Donovan de s'avancer dans la place libre. Pendant qu'il se garait, j'ai contourné l'arrière de sa voiture pour l'attendre. Un rapide coup d'œil aux alentours m'a permis de constater que la plupart de ma famille était garée ici, car je reconnaissais leurs voitures.

Donovan est sorti, a mis ses clés dans sa poche et est venu se tenir à côté de moi. Levant les yeux, j'ai finalement répondu à sa question. — Pas que je sache. J'ai posé la question à ma mère. Bien sûr, elle va faire des recherches pour voir ce qu'elle peut trouver dans tous ses livres d'histoire.

Ma mère était une généalogiste et une passionnée d'histoire de renommée mondiale. Dans le monde des sorciers, s'entend. Elle possédait des quantités de livres sur les familles de sorcières et de sorciers remontant à des siècles. Elle suivait également l'histoire de l'utilisation des sorts et des pouvoirs, alors si quelqu'un pouvait découvrir si un problème de sort et de météo de ce genre s'était déjà produit, c'était bien elle.

— Allez, viens. On devrait aller à l'auditorium du lycée, pour espérer avoir de bonnes places. Je veux pouvoir voir Celia et Delia.

Donovan a attrapé ma main dans la sienne alors que nous marchions rapidement dans la rue. Des voitures étaient garées des deux côtés de la route jusqu'au lycée, qui se trouvait à quelques pâtés de maisons du centre-ville proprement dit, où se trouvaient tous les magasins et restaurants.

Nous sommes entrés dans l'auditorium, et un faible bourdonnement de voix remplissait le grand espace. En balayant le public du regard, j'ai vu mon frère aîné, Liam, nous faire signe et pointer deux sièges vides à côté de lui et de Moira. Tirant la main de Donovan, j'ai dit : — Viens. Allons prendre ces sièges avant que quelqu'un n'essaie de nous les piquer.

J'ai entendu le rire de Donovan alors qu'il me répondait : — Quelqu'un essaierait vraiment de les piquer ? Ce n'est pas un peu la jungle ?

— Quand il n'y a plus de place pour s'asseoir, tous les coups sont permis, ai-je répondu en me dépêchant de traverser la foule, me faufilant entre les gens debout dans l'allée jusqu'à ce que j'atteigne la rangée où Liam et Moira étaient assis.

Après de multiples « excusez-moi » en passant devant d'autres personnes déjà assises, nous les avons rejoints. — Oh, heureusement que vous nous les avez gardées, ai-je dit en guise de salutation.

Liam a souri. — Bien sûr qu'on vous a gardé des places. C'est la cohue ce soir.

— Merci, mec, a ajouté Donovan. Juliette craignait que quelqu'un d'autre ne prenne les places. C'est la guerre pour trouver un siège à chaque fois qu'ils font la pièce du printemps ?

Moira a ri, se penchant autour de Liam qui se rasseyait. — Presque. Je suppose que vous êtes garés derrière Beauty Bewitched. J'allais vous proposer de vous garer derrière ma boutique, mais Liam a dit que vous étiez probablement déjà parés.

— On aurait pris n'importe laquelle, mais Opal m'avait promis qu'il restait deux places derrière Beauty Bewitched.

— C'est encore pire que d'habitude ce soir, a commenté Moira. Je pense que c'est parce qu'ils organisent la foire après. J'espère juste que la météo ne fera pas des siennes.

— On en parlait justement. Si ce temps continue, on va devoir faire une sorte de sort. Mais ça pourrait mal tourner. C'est un peu embêtant, ai-je répondu.

— Jacob a fait du repérage pour voir s'il pouvait remonter la piste des sorts. Il est passé à la boutique aujourd'hui quand il est venu chercher les jumelles pour la pièce de ce soir. Il a dit que les traces sont les mêmes dans toutes les zones où les gens ont signalé qu'un sort avait mal tourné. Mais il n'arrive pas à reconnaître ces traces, a expliqué Moira.

Donovan nous a regardés tour à tour, haussant un sourcil interrogateur. — Des traces ?

— Notre oncle a le pouvoir de pister les sorts, a commencé Liam. Il peut suivre les marques laissées par la personne qui a jeté un sort et le type de pouvoir qui a été utilisé.

— Oh, eh bien, c'est un pouvoir pratique si un sort semble louche, a commenté Donovan.

— Bien sûr, mais ce n'est pas si pratique que ça s'il ne peut pas identifier les traces qu'il perçoit. Des idées concernant ce temps orageux ?, ai-je demandé.

Liam a haussé les épaules. — Difficile à dire. Avec le changement climatique et toutes les bizarreries qui en découlent aux infos, ça passe inaperçu, c'est sûr. Avec les incendies dans l'Ouest et la fonte des glaciers, personne ne s'inquiète trop de quelques orages de printemps supplémentaires à Charm Cove.

— Il n'y a pas que les incendies et la fonte des glaciers. Il y a eu les inondations à La Nouvelle-Orléans, et douze tornades en une semaine dans le Midwest. Il se passe des choses bizarres partout. Il se pourrait que nous nous inquiétions pour la météo alors que c'est totalement inutile. Nous pourrions avoir notre propre version de ce qui se passe ailleurs, a suggéré Donovan.

— C'est possible. J'aimerais juste pouvoir jeter un sort sans avoir à m'en soucier. Je dois enchanter des bracelets à la boutique. J'ai dit à Liam qu'il devrait passer pour atténuer mes sorts afin que je ne les rate pas, a commenté Moira.

— Voilà tout ce dont nous n'avons pas à nous soucier quand les sorts fonctionnent correctement, ai-je dit.

À cet instant, les lumières ont commencé à baisser dans l'auditorium, et on a entendu un brouhaha de pas de gens se hâtant vers les quelques sièges restants tandis que la foule se calmait lentement. Les rideaux se sont fermés alors que tout l'auditorium était plongé dans le noir, avant que les lumières au-dessus de la scène ne s'allument.

Dans l'attente silencieuse, les rideaux se sont ouverts lentement.

Alors que le vacarme des applaudissements s'estompait, les lumières se sont rallumées à l'avant pour un autre salut de la troupe. La foule dans l'auditorium a acclamé en réponse.

Quand les rideaux de scène se sont refermés une nouvelle fois, je me suis penchée vers Donovan pour lui demander : — Qu'est-ce que tu en as pensé ?

Son petit rire a provoqué des papillons dans mon ventre. — C'était très bien. Les jumelles étaient géniales.

— Je trouve aussi. Elles vont être tellement contentes.

Moira a dit quelque chose, et je me suis penchée pour l'entendre. Juste à ce moment-là, un fort claquement a retenti alors que les lumières du plafond commençaient à se rallumer dans l'auditorium. Après un autre claquement, chaque ampoule a brillé intensément.

Puis, on aurait dit que les lumières s'envoyaient des décharges électriques les unes aux autres. C'était comme un spectacle de foudre en intérieur au-dessus de nos têtes, avec force grésillements et crépitements.

L'auditorium s'est rempli des exclamations et des halètements des gens devant ce spectacle, avant que toutes les lumières ne s'éteignent et que la salle ne soit plongée dans l'obscurité. C'était le chaos, les gens se levaient et tentaient de sortir en hâte de l'auditorium sombre et bondé. Quelques voix appelaient au calme, mais en vain.

Donovan m'a serré la main. — Reste avec moi, a-t-il murmuré en se penchant pour que je puisse l'entendre.

Liam s'est tourné vers nous, bien que je puisse à peine distinguer ses traits dans l'obscurité. — Attendons un peu avant de bouger.

— C'est exactement ce que je pensais qu'on devrait faire, a répondu Donovan.

— C'était quoi, ce bordel ?, a demandé Moira.

— C'était une version bien plus spectaculaire de ce qui est arrivé aux ampoules d'Enchanted Spirits la semaine dernière. Ça ressemblait aussi à ce qui s'est passé quand j'ai essayé de changer l'ampoule chez nos parents, ai-je répondu.

— Ça devient bizarre, a murmuré Liam.

— Euh, je crois que c'était déjà bizarre, a suggéré Moira.

La foule se clairsemait. — On devrait peut-être y aller. J'aimerais aller en coulisses voir comment vont les jumelles, ai-je dit.

— Je parie que Lea et Jacob sont déjà là-bas, a répondu Moira. Laisse-moi leur envoyer un texto vite fait.

Elle a sorti son téléphone, la lueur de l'écran vive dans l'auditorium sombre. Ses pouces ont pianoté rapidement sur l'écran. Avant même de ranger son téléphone, elle a levé les yeux, son visage illuminé par l'écran. — Oui, ils sont déjà là-bas avec les jumelles.

— Allons-y alors, a répondu Liam.

La voix de Donovan a couvert celle de Liam. — Ça ne sert à rien de traîner ici.

— Mais pour les lumières ?, ai-je demandé.

— Jacob va rester pour voir s'il peut pister les sorts. Tu veux faire quelques réparations ?, a demandé Moira en regardant Liam.

Mes yeux s'étaient habitués à l'obscurité, et je voyais un peu mieux maintenant.

Liam a hoché la tête. — Autant en profiter. Vous voulez attendre avec nous ?, a-t-il demandé.

— Est-ce qu'on va vous gêner ? Mes pouvoirs consistent à déplacer des objets, et je pourrais faire un peu de blocage en cas de besoin. Mais je ne peux pas pister les sorts ou quoi que ce soit de ce genre, a répondu Donovan.

— Je pense qu'on devrait simplement rester ensemble, ai-je ajouté.

Le temps que la foule soit presque entièrement partie, un certain nombre de sorcières et de sorciers s'étaient rassemblés avec nous tandis que nous attendions dans l'auditorium. Ma mère s'était approchée avec mon père pour nous dire qu'ils partaient. Comme son pouvoir dépendait de ses livres à la maison, elle voulait rentrer pour voir ce qu'elle pouvait découvrir sur ce qui venait de se passer ici.

Les parents de Moira étaient là, ainsi que son frère Cam. Il avait la capacité de capturer les sorts.

— Tu as réussi à capturer quelque chose ?, a demandé Donovan quand Cam s'est arrêté à côté de nous.

Cam a secoué la tête. — J'ai essayé, mais je ne savais pas d'où ça venait. Il me faut un peu d'aide sur la direction pour pouvoir capturer quoi que ce soit. J'ai pu déterminer d'où le sort aurait pu venir juste au moment où tout est devenu noir.

Jacob est arrivé avec Celia et Delia à ses côtés. — Quelle direction ?, a-t-il immédiatement demandé, réagissant à ce que Cam venait de dire.

— Du coin là-bas, a répondu Cam en faisant un geste.

— On pense que la voie est libre pour que je commence les réparations ?, a demandé Liam.

Lea a secoué la tête en nous rejoignant. — Il y a trop de gens dans les parages. Même si je pense que ce serait utile, je crois qu'il vaut mieux que tu attendes demain pour les véritables réparations.

Nous avons attendu un peu pendant que Jacob cherchait des traces de sorts. Après l'arrivée de la police et des pompiers, il a été décidé qu'il valait mieux pour les sorcières et les sorciers de décamper pour la nuit. La dernière chose dont on avait besoin, c'était que les habitants ordinaires de la ville commencent à avoir des soupçons sur les sorts et les pouvoirs.

Après être tous sortis de l'auditorium, nous avons découvert un autre effet secondaire. Ou peut-être que l'orage électrique intérieur, parmi les ampoules de l'auditorium, était l'effet secondaire. Pendant la pièce, il semblerait qu'une autre averse torrentielle se soit abattue pendant que tout le monde était à l'intérieur. Tout était trempé, la pluie s'écoulant en ruisseaux dans les bouches d'égout le long des trottoirs.

Avec l'odeur fraîche et vivifiante de la pluie de printemps qui imprégnait l'air, elle semblait s'être arrêtée quelques instants plus tôt. Que ce temps étrange soit un phénomène naturel ou non, il nous fallait des réponses, et vite.

CHAPITRE CINQ

En rentrant, Donovan m'a jeté un coup d'œil alors qu'il s'arrêtait à un feu rouge, avant de s'engager sur la route principale qui menait chez lui en passant devant la maison de mes parents. Cela faisait des mois qu'il travaillait à la rénovation de l'ancienne ferme de sa famille et il avait déjà fait pas mal de progrès.

— Veux-tu que je te dépose chez toi ?

Je me sentais perturbée après les événements de la soirée. En croisant son regard, j'ai secoué la tête. Notre relation avait évolué, et il m'arrivait de passer la nuit chez lui. Quand nous nous sommes garés devant sa maison et que nous sommes sortis de la voiture, j'ai pris une grande inspiration que j'ai laissée s'échapper dans un soupir.

— C'est si paisible, ai-je commenté alors qu'il contournait l'avant de la voiture pour me rejoindre là où je me tenais, sur l'allée de gravier.

— Je sais. Difficile de croire qu'il y a moins d'une heure, on a assisté à un orage d'intérieur complètement fou.

— Je sais. J'espère vraiment que tout ira bien.

— Tout ira bien, a dit Donovan avec plus d'assurance que je n'en ressentais, en prenant ma main.

Alors que nous remontions l'allée en ardoise vers l'entrée principale de la ferme, un gémissement distinct est parvenu à mes oreilles. M'arrêtant, je lui ai jeté un coup d'œil. Donovan avait aussi entendu le bruit et il a regardé par-dessus son épaule vers les arbres d'où le son semblait provenir.

Le son s'est fait entendre de nouveau, avec un tout petit jappement à la fin.

— On dirait un chien, ai-je dit lentement.

— Ça y ressemble beaucoup, a répondu Donovan.

Ensemble, nous avons quitté le sentier, nos pas étouffés par l'herbe alors que nous nous dirigions vers le bruit. Quand nous sommes arrivés à la lisière des arbres, il y a eu un bruissement, puis un petit chien est apparu. Il n'était qu'une ombre dans le mince faisceau projeté par les lumières extérieures de la maison et le peu de clair de lune au-dessus de nous.

— Oh, on dirait un petit chiot, ai-je dit en m'agenouillant dans l'herbe.

Le petit chien s'est approché de moi prudemment, remuant la queue comme s'il n'était pas tout à fait sûr de nous. En y regardant de plus près, le chien semblait être d'une couleur blond sale. Il s'est jeté au sol et nous a montré son ventre.

— Eh bien, c'est une femelle, ai-je commenté.

J'ai tendu la main pour que la chienne la renifle. Elle semblait être une sorte de croisé labrador. Son poil était trempé et elle tremblait. J'ai levé les yeux vers Donovan pendant que la petite reniflait le dos de mes doigts et léchait ma main avant de se redresser et de courir à mes côtés.

— Il faut la faire entrer, ai-je dit.

Prouvant qu'il était bien l'homme bon que je pensais, Donovan n'a même pas hésité.

— Bien sûr. Je vais chercher une serviette et on va la sécher. Tu penses qu'elle appartient à quelqu'un ?

Alors que je la soulevais dans mes bras et que je sentais ses os saillir sous sa fourrure tandis qu'elle tremblait contre moi, j'ai répondu :

— Eh bien, si c'est le cas, ils ne la nourrissent pas. Elle n'a pas de collier et elle est maigre comme un clou. Je peux compter toutes ses côtes et probablement chaque os de son corps.

J'ai suivi Donovan à l'intérieur pendant qu'il allumait les lumières et se dépêchait de descendre le couloir, revenant avec plusieurs serviettes de la salle de bains du rez-de-chaussée. Quelques instants plus tard, nous l'avions séchée, son poil dressé en touffes. N'ayant pas de nourriture pour chien sous la main, Donovan a déniché des restes de poulet et lui a donné quelques bribes, qu'elle a englouties.

J'ai levé la tête, avec l'intention de lui demander s'il voulait bien faire un saut au magasin pour acheter de la nourriture pour chien. Donovan, me prouvant une fois de plus à quel point il était un homme bien, a répondu avant même que je pose la question.

— Oui, je vais aller au magasin. Pendant que je suis parti, tu devrais faire cuire d'autres de ces blancs de poulet. Fais-les juste bouillir dans l'eau. Ce serait bien aussi de faire cuire du riz blanc nature. Il y en a dans le placard à côté de la cuisinière.

— Du riz ?

— On a recueilli un chien errant quand j'étais adolescent. C'est ce que le vétérinaire nous avait dit de faire. Il a dit que quand ils sont en sous-poids, ça aide de mélanger du poulet et du riz à leur nourriture pour aider leur estomac à s'adapter.

— Je m'en occupe.

Je me suis levée et j'ai passé mes bras autour de ses épaules.

— Merci de savoir ce que j'allais demander avant même que j'aie eu le temps de le faire.

Il m'a serrée contre lui et a reculé.

— J'adore les chiens. Je pensais en prendre un, alors si elle s'avère n'appartenir à personne...

Il s'est interrompu quand j'ai plissé les yeux.

— Je me battrai pour ça. Elle est *affamée*, ai-je dit fermement.

Donovan a hoché la tête en signe d'assentiment.

— D'accord. Je suis sûr qu'on pourra la garder. Bon, je retourne en ville. Garde un œil sur elle et commence à préparer le poulet et le riz. Ce ne sera probablement pas la meilleure option, mais je prendrai le collier et la laisse que je trouverai à l'épicerie. Ils ont généralement quelque chose dans le rayon animalerie, a-t-il dit en marchant dans le couloir vers la porte d'entrée.

Je me suis assise par terre à côté de la petite chienne blonde et j'ai passé ma main sur son poil encore humide.

— D'où viens-tu ?

Sa queue a tapé sur le sol. Elle m'a regardée, ses yeux marron grands ouverts mais encore un peu hésitants.

— Donovan a dit que je devais te préparer du poulet et du riz. Pourquoi ne viendrais-tu pas avec moi dans la cuisine ?

Quand je me suis relevée, elle m'a suivie sans difficulté. Une fois que j'ai mis le riz à cuire et qu'il mijotait sur la cuisinière avec le poulet dans l'eau, conformément aux instructions de Donovan, je suis montée à l'étage avec la chienne sur mes talons. Donovan et moi ne vivions pas encore ensemble, mais j'avais certainement passé plus d'une nuit ici, donc je savais où se trouvait le placard à linge.

Donovan avait fait d'énormes progrès dans la rénovation de cette maison. Tous les parquets avaient été refaits et les murs repeints. L'ancienne ferme coloniale commençait à briller. Mes pas résonnaient sur le parquet à l'étage alors que je m'arrêtais à côté du gigantesque placard dans le couloir.

— On va se contenter d'une couette pour l'instant, dis-je à la chienne sur un ton de conversation en sortant une grosse couverture en coton bien moelleuse. Je comptais l'utiliser comme couchage dans la cuisine le temps de lui préparer son poulet et son riz.

Quand Donovan est revenu avec les croquettes, deux gamelles assorties, un panier, une laisse et un collier, j'étais en train d'effilocher le poulet en lanières et de l'ajouter au riz.

— Tu tombes à pic, dis-je en jetant un regard par-dessus mon épaule en l'entendant approcher dans le couloir. — Dis-moi qu'il n'a pas encore plu, s'il te plaît. Je n'ai pas entendu de tonnerre. — Je me suis rincé les mains dans l'évier et me suis appuyée contre le comptoir en me les séchant avec un torchon.

La petite blonde, comme j'avais pris l'habitude de l'appeler dans ma tête, s'était levée et tournait autour des jambes de Donovan en remuant la queue pendant qu'il posait ses achats sur la petite table ronde près des fenêtres de la cuisine.

Il s'est penché pour la saluer avant de se redresser et de jeter un regard dans ma direction. — Ni tonnerre, ni éclairs, ni pluie. — Il a regardé la couverture où la chienne venait de se lover. — Je vois qu'on a eu la même idée. On n'a qu'à mettre la couverture sur le panier, a-t-il dit avec un grand sourire en arrachant l'étiquette du panier et en le posant par terre. Après qu'il a disposé la couverture en nid douillet, la chienne y est promptement montée et s'y est blottie, sa queue battant contre le bord du panier.

— On lui donne juste le riz et le poulet ou aussi un peu de croquettes ? ai-je demandé.

— Ajoutons un peu de croquettes et un peu d'eau. C'est ce que ma mère a fait pendant quelques semaines quand on avait trouvé ce chien errant.

Un instant plus tard, Donovan posait le festin devant la chienne. Elle s'est levée et l'a pratiquement inhalé avant de laper l'eau qu'il avait placée à côté de la nourriture.

J'ai eu la gorge serrée en la regardant. — Elle a faim. On devrait peut-être lui en donner plus, ai-je commenté alors qu'elle levait les yeux vers nous, l'air plein d'espoir, son regard allant de l'un à l'autre.

— Je pense que c'est assez, vu sa taille. Je dirais qu'elle fait neuf kilos tout au plus. On lui en donnera plus demain matin, a-t-il dit en se penchant pour déposer un baiser sur ma joue. — Ne t'inquiète pas. Elle va vite se remplumer.

— Il faut qu'on lui trouve un nom.

— Comment veux-tu l'appeler ? a demandé Donovan.

Nous l'avons regardée se laisser retomber sur son panier, la queue battant de nouveau. Son poil commençait enfin à sécher.

— Sunshine, ai-je dit.

— Sunshine ?

— Oui. Parce qu'elle est blonde, en quelque sorte, et qu'elle est arrivée après la pluie.

— Ça correspond aussi à sa personnalité, a dit Donovan avec un lent sourire.

— Alors ce sera Sunshine, ai-je dit en m'agenouillant à côté d'elle pour la caresser entre les oreilles.

CHAPITRE SIX

Le lendemain, je me suis installée à mon bureau avec une tasse de café du Magic Beans. Je comptais prendre le temps de fouiller dans ces vieux comptes pour voir si les erreurs que j'avais relevées dans les rapports récents concernaient le même fournisseur. J'espérais que non. Car cela aurait brisé le cœur d'Opal.

Sans compter qu'il n'est jamais agréable d'essayer de résoudre ce genre de problèmes. Je soupçonnais Opal et le reste de ma famille qui détenait des parts dans Beauty Bewitched de préférer passer l'éponge, mais ils ne voudraient plus faire affaire avec ce fournisseur. Nous gagnions beaucoup d'argent avec la boutique, mais nous devions savoir si nous pouvions leur faire confiance à l'avenir. Par conséquent, il était hors de question d'ignorer la situation.

Mon bureau de comptabilité se trouvait dans l'immeuble que possédait ma famille. Good Investments était une entreprise tentaculaire qui gérait des portefeuilles d'investissement, en plus de collaborer avec la famille Wicked sur la gestion immobilière, la gestion des possessions du phare, et quelques autres bâtiments historiques à Charm Cove et dans les communes voisines. Nous nous occupions également de l'entretien de la ville, ce qui incluait la gestion de la voirie de Charm Cove.

J'adorais mon petit bureau. Il était petit et niché dans un coin, à l'étage. Le bâtiment était situé à une extrémité de Good Lane et offrait une vue sur l'océan Atlantique au-delà de la ville proprement dite, et une vue sur le parc municipal par une autre fenêtre.

Jusqu'à présent, la matinée avait été plutôt calme, tout bien considéré. J'étais particulièrement reconnaissante de travailler dans l'immeuble familial, car je pouvais emmener Sunshine avec moi. Elle faisait la sieste à mes pieds dans le panier que ma mère était allée acheter à notre arrivée ce matin. Ma mère avait décrété que la moquette ne serait pas assez confortable pour Sunshine. C'était une vraie crème, et ça ne me dérangeait pas le moins du monde.

Donovan avait encore quelques projets en cours chez lui, il valait donc mieux que Sunshine ne soit pas dans ses pattes. J'ai jeté un coup d'œil vers elle, souriant en voyant qu'elle dormait à poings fermés dans une bande de soleil qui filtrait par la fenêtre. Nous avions déjà appelé le vétérinaire du coin et pris rendez-vous pour le lendemain afin de la faire examiner, de s'occuper de ses vaccins et de voir si elle était pucée.

J'ai bu une gorgée de mon café et je me suis mise au travail. Des heures plus tard, je me suis adossée à mon fauteuil avec un soupir. À ce moment-là, ma mère a passé la tête par l'embrasure de la porte de mon bureau.

— Pourquoi ce soupir, ma chérie ? a-t-elle demandé.

— Eh bien, la journée a été chargée, et j'ai des nouvelles en demi-teinte.

— Avant d'en arriver là, a dit ma mère en entrant dans mon bureau, il faut que je dise bonjour à Sunshine.

La tête de Sunshine s'est redressée. Elle semblait apprendre rapidement son nom. Elle s'est levée de son panier et s'est approchée pour saluer ma mère en remuant la queue et en se tortillant.

Après une séance de caresses, ma mère s'est assise sur la chaise en face de mon bureau. — Bon, commençons par la mauvaise nouvelle.

— Ce fournisseur nous arnaque de cette façon depuis deux ans, mais c'était minime jusqu'à ces six derniers mois.

— Alors, quelle est la bonne nouvelle ? a demandé ma mère en haussant les sourcils.

— Que ça ne dure que depuis cette période. Je craignais que ça ne remonte à des années et des années. Ce n'est pas le cas. Bien que les anciens rapports comptables soient principalement sur papier, j'ai pu faire des recoupements assez rapidement en créant une feuille de calcul pour vérifier les achats et les livraisons de stock. Je suis remontée sur une décennie. Je peux remonter plus loin, mais je ne pense pas que ce soit nécessaire.

Ma mère a fait une petite moue en tambourinant du bout des doigts sur l'accoudoir de son fauteuil. — Pourquoi diable avaient-ils besoin de faire ça ? Ça fait des années qu'on travaille avec eux.

— Je ne sais pas. Évidemment, je n'ai pas eu beaucoup de temps pour enquêter, mais j'ai fait une recherche rapide pour voir s'ils avaient opéré des changements commerciaux au cours de la dernière année. À part le fait que leur fille a repris la direction, la seule autre chose qui est apparue, c'est qu'ils ont rejoint ce consortium d'investissement pour le parc éolien juste à l'extérieur des limites de la ville. Je ne vois absolument pas ce que ça pourrait avoir à voir avec tout ça, mais c'était un investissement important pour eux.

— Hmm. C'est vraiment curieux, a songé ma mère. Elle a secoué légèrement la tête. — Je suppose que tu vas en parler à Opal.

— Bien sûr. Je verrai ce qu'elle veut faire. Pour l'instant, je suis d'avis de ne rien faire. Je veux voir si ça continue.

— Tu penses qu'Opal sera d'accord pour attendre ?

— Oui. Il y a quelque chose qui cloche dans cette histoire. Si nous leur faisons savoir ce que nous avons découvert, nous risquons de ne jamais avoir le fin mot de l'histoire parce qu'ils feront plus attention pour brouiller les pistes.

— Bien vu.

J'ai pivoté sur mon fauteuil et ai tapoté mon clavier pour éteindre mon ordinateur.

— Que fais-tu ce soir ? a demandé ma mère, une lueur dans les yeux.

— Je ne sais pas. Pourquoi tu me demandes ça ?

— Eh bien, penses-tu que tu as toujours besoin de trouver un endroit où loger, ou peut-être que tu pourrais emménager avec Donovan ?

Mes joues se sont légèrement échauffées et j'ai éclaté de rire. — D'accord, donc la question ne concerne pas ce soir. J'imagine que vous êtes modernes maintenant et que je peux simplement m'installer avec Donovan ?

Ma mère a levé les yeux au ciel. — Nous sommes très certainement modernes. Vous n'avez pas besoin d'attendre d'être mariés pour vivre ensemble.

— Je sais, maman, mais je ne suis pas encore prête à franchir ce pas. Je pense que je vais accepter l'offre de Moira et Liam de m'installer dans l'ancienne remise cet été, après qu'ils auront déménagé dans leur nouvelle maison.

— Elle ne sera pas disponible avant l'automne, au plus tôt.

— Je pensais que leur maison serait terminée cet été, ai-je répondu.

— Les travaux prennent toujours plus de temps que prévu, ma chérie. Si j'en parle, c'est à cause d'une des locations que nous gérons : l'ancien cottage du jardinier de l'autre côté de notre propriété, tu vois lequel ?

— Bien sûr que je vois. Il est disponible ?

— Absolument, et je sais que tu l'adores. Qu'est-ce que tu en dis ?

— Oh, je saute sur l'occasion. Le mot *cottage* ne lui rend absolument pas justice.

Ma mère a souri. — Non, en effet, et les jardins qui l'entourent sont incroyables. Les locataires actuels partent à la fin du mois prochain. Une partie de leur caution servira à payer le ménage. Une fois que ce sera fait, on t'y installera.

— Ce sera parfait, ai-je répondu en applaudissant doucement. Sunshine a dressé les oreilles à ce bruit et s'est précipitée vers moi, sa queue martelant le côté de mon bureau en signe de fête.

En riant, je me suis penchée pour lui caresser le dos.

Ma mère a demandé : — Alors, tu gardes Sunshine ?

— J'ai l'intention de le faire. Je pense que Donovan aimerait la partager, et ça me va très bien. Si quelqu'un essaie de la réclamer, je me battrai. Elle mourait de faim. J'imagine que je pourrai l'avoir avec moi au cottage.

— Bien sûr.

À ce moment-là, mon portable a vibré. En me penchant, je l'ai fait glisser vers moi sur le bureau pour lire un texto d'Opal qui s'affichait sur l'écran.

« Des progrès dans tes recherches ? »

Levant les yeux vers ma mère, j'ai dit : — Opal veut des nouvelles. Je crois que ça mérite un coup de fil.

Ma mère s'est levée en lissant son pantalon avec ses mains. — Appelle-la. Dis-lui que j'ai déjà parlé à ton père, et que nous soutenons sa décision, quelle qu'elle soit, pour gérer cette affaire.

Après que ma mère a quitté mon bureau, j'ai tapé sur l'écran pour appeler Opal, qui a répondu immédiatement. — Puisque tu appelles, j'imagine que tu as des nouvelles pour moi, a-t-elle dit en guise de salutation.

— En effet. Je l'ai rapidement mise au courant. — Maman était là à l'instant et voulait que je te dise qu'ils soutiennent la décision que tu prendras, quelle qu'elle soit.

Bien qu'Opal gère le magasin, plusieurs membres de la famille Good y avaient des parts financières. Par conséquent, toutes les personnes impliquées devaient être consultées au sujet de la décision.

— Je pense qu'il vaut mieux attendre de voir. Comme ça ne dure pas depuis très longtemps, j'aimerais laisser les choses suivre leur cours un petit moment pour voir si on peut découvrir pourquoi ils font ça.

— Je surveille ça de très près, donc je serai attentive.

— Bien sûr que tu le seras. Sans toi, nous ne saurions même pas que tout cela se passe. Je ne saurais te dire à quel point j'apprécie ton travail.

Après avoir terminé mon appel avec Opal, je me suis dirigée vers l'animalerie Charming Pet Supply. Bien que Donovan se soit déjà occupé du panier et du collier pour Sunshine, je voulais faire le plein de friandises et d'autres articles pour elle. Alors que je marchais le long du parc municipal, en passant légèrement la main sur la clôture en fer forgé qui l'entourait, un mouvement brusque a attiré mon regard.

Mon attention a été attirée par un petit terrain herbeux entre deux vieilles maisons faisant face au parc. Ce terrain, qui était autrefois une cour, avait été transformé en diverses choses au fil des ans. L'année dernière, il avait été aménagé en jardin communautaire avec de petites parcelles pour les personnes qui s'étaient inscrites pour utiliser l'espace.

Beatrice Powers se tenait à côté d'une autre sorcière, Frances

Howe. Frances avait récemment lancé une petite entreprise d'agriculture biologique. Elle vendait ses produits à des restaurants haut de gamme de Charm Cove et d'ailleurs, répondant au concept « de la ferme à la table ».

Beatrice avait l'air en colère. J'étais aussi presque certaine qu'elle venait de jeter une sorte de sort de blocage. Un effet secondaire de mes pouvoirs électriques était que je pouvais voir les traces de sorts dans l'air après qu'ils aient été récemment lancés. Ce pouvoir ne me disait rien de plus qu'un sort valide avait été jeté. C'était ma sensibilité à l'électricité qui m'accordait cet avantage. En regardant Beatrice, l'air autour de ses mains scintillait de l'énergie résiduelle du sort qu'elle venait de lancer.

J'ai regardé des deux côtés avant de traverser la rue pour savoir ce qui se passait. En entrant dans le jardin communautaire, j'ai jeté un coup d'œil autour de moi, agréablement surprise de voir toutes les rangées bien entretenues où la croissance commençait à se manifester là où les gens avaient fait leurs plantations pour le printemps.

Beatrice a jeté un coup d'œil par-dessus son épaule. — Oh, bonjour, Juliette.

— Est-ce que tout va bien ? ai-je demandé.

Beatrice a reporté son regard perçant sur Frances, qui semblait inquiète, le front plissé et les yeux légèrement écarquillés.

— Je suppose que ça dépend de ce que tu entends par « bien », a dit Beatrice. — Je viens d'empêcher Frances, ici présente, de jeter un sort mortel sur tout ce jardin communautaire. Elle le nie, mais je sais ce que j'ai vu, et je connais bien ce sort.

Frances a dégluti, me regardant nerveusement, puis Beatrice. — Je te jure, je...

Je l'ai interrompue. — Frances, je ne sais pas quel sort tu as lancé, mais Jacob Good peut être ici dans quelques minutes pour en retrouver la trace. Ça ne sert à rien de mentir.

Les yeux de Frances se sont rétrécis et elle a soufflé. — Très bien. Qu'est-ce que tu vas y faire ? a-t-elle rétorqué, son ton passant de nerveux à hargneux en un clin d'œil.

Beatrice a croisé les bras, ayant tout l'air de l'ancienne et puissante sorcière qu'elle était. — Tu manigances quelque chose. Sans parler du fait que, sans mon sort de blocage, ton sort fonctionnait parfaitement bien. Il n'y a pas eu un seul sort sans problème ces deux dernières semaines. Est-ce toi qui es derrière tout ce bazar ?

L'air hargneux de Frances a disparu instantanément, et sa bouche s'est ouverte en grand. — Oh mon Dieu ! Non. Je n'arrive pas à croire que tu puisses m'accuser de ça, Beatrice. Nous nous connaissons depuis des années.

— C'est vrai. Mais je ne dirais pas qu'on est proches, a contré Beatrice, le ton sec.

Frances a soupiré en croisant les bras. — C'est ridicule. Je vais être honnête. Je ne veux pas que ce jardin communautaire nuise à mon entreprise « de la ferme à la table ».

Beatrice a plissé les yeux, son regard balayant le terrain. — Quoi qu'il en soit, je reste curieuse quant à ta capacité à jeter ce sort sans aucun problème.

Frances a levé les bras en l'air, les laissant retomber avec un autre soupir. — Je n'ai rien fait. Je ne suis pas la sorcière la plus puissante du coin, a-t-elle dit d'un ton accusateur. — Je ne vois pas pourquoi tu penserais que *moi*, j'aurais la capacité d'affecter autant de sorts à Charm Cove.

CHAPITRE SEPT

Sunshine a traversé la pièce en bondissant dans la dépendance de Moira et Liam, un tourbillon d'enthousiasme, de frétillements et de remuements de queue. Elle a dérapé avant de s'arrêter dans un affalement un peu gauche devant Ghost, le chat de Moira.

Ghost n'avait pas l'air d'avoir peur de Sunshine, mais en même temps, j'imaginais qu'il devait être difficile pour elle de faire peur à qui que ce soit. Elle était bien trop amicale et loufoque. Ghost l'a dévisagée, sa queue s'agitant d'un côté à l'autre. Quand Sunshine s'est penchée vers la tête de Ghost, elle a reçu un coup de patte rapide sur le museau. Elle a couiné et reculé précipitamment.

Liam s'est mis à rire, là où il se tenait près de l'îlot de cuisine. — Je me demandais ce que Ghost penserait d'un chien.

— Tu crois qu'il en a déjà rencontré ? ai-je demandé en posant mon sac à main sur un tabouret près du comptoir et en m'y appuyant les hanches pour observer les deux animaux qui s'évaluaient mutuellement.

— Oh, j'en suis sûre, a lancé Moira en descendant les escaliers. Ghost fait ce qui lui plaît. Avec sa chatière qui donne sur la terrasse, il peut aller et venir. Certains de nos voisins proches ont des chiens.

C'est un chat plutôt calme, alors je ne pense pas que Sunshine le dérangera, tant qu'elle ne l'agace pas.

Nous avons observé toutes les trois la queue de Sunshine qui continuait de battre lentement. Au bout d'un moment, elle s'est retournée sur le dos, montrant son ventre à Ghost. Ghost n'a pas semblé impressionné et est simplement resté assis où il était. Quand Sunshine s'est remise sur ses pattes et s'est penchée en avant, bien plus prudemment cette fois, Ghost a toléré son reniflement curieux avant de se détourner et de s'éloigner pour sauter sur le rebord de la fenêtre.

— Je ne sais pas si Ghost veut être ton ami, ai-je dit à Sunshine alors qu'elle se relevait et traversait la pièce.

— Je suis sûr qu'elle s'en remettra, l'a taquinée Liam pendant qu'elle le saluait en tournant autour de ses genoux et qu'il la caressait.

— Comment s'est passé le rendez-vous chez le vétérinaire ? a demandé Moira en contournant l'îlot et en sortant une bouteille de vin du casier sous le comptoir, ainsi que des verres.

Me glissant sur un tabouret, j'ai répondu : — Ça s'est bien passé. Elle n'a pas de puce électronique, et nous devons prendre rendez-vous pour la faire stériliser. Ils pensent que c'était une chienne errante et estiment qu'elle a environ six mois.

Le regard de Moira a suivi Sunshine qui se promenait dans la pièce, reniflant tout ce que son museau pouvait trouver. — J'imagine qu'il faudra un mois ou plus pour qu'elle retrouve un poids santé, a-t-elle commenté.

— C'est ce que le vétérinaire a dit. Il m'a donné un programme d'alimentation à suivre.

— Donovan nous rejoint ? a demandé Liam en me jetant un coup d'œil.

— Yep. J'ai regardé ma montre. Il devrait être là d'une minute à l'autre. Il a dit qu'il prenait les pizzas en chemin.

— Parfait, a répondu Moira. Je meurs de faim et je me suis retenue, sachant que vous veniez dîner tous les deux. Vin rouge ou blanc ?

— Je prendrai du rouge. Allons nous asseoir à la table de la salle à manger, a commenté Liam en s'écartant du comptoir pour se diriger vers la table ronde voisine.

Je l'ai suivi après que Moira m'a rempli un verre de vin. Après avoir posé mon verre sur la table, j'ai demandé : — Tu as besoin que je fasse quelque chose ?

Moira s'approchait avec deux autres verres de vin. — Bien sûr. Si tu veux bien sortir les assiettes et les serviettes, je vais chercher les couverts.

Alors que je mettais la table et que Moira remplissait une carafe d'eau, on a frappé à la porte.

— Entrez, a lancé Liam à travers la pièce.

— J'ai les pizzas, a annoncé Donovan en entrant, deux boîtes à pizza tenues en l'air d'un seul bras. Sunshine s'est précipitée, ses griffes cliquetant sur le parquet. Elle a tourné autour de ses jambes, la queue battant follement, avant de repartir d'un bond pour regarder par les fenêtres.

— Apporte les pizzas par ici, a répondu Liam.

Donovan s'est approché de la table de la cuisine, et Liam l'a délesté des deux boîtes à pizza. — Laisse-moi accrocher ma veste. Est-ce que je dois enlever mes chaussures ? a-t-il demandé en se retournant et en retirant sa veste d'un haussement d'épaules.

— Pas la peine, a répondu Moira. Tu peux simplement accrocher ta veste aux portemanteaux près de la porte.

Après que Donovan a accroché sa veste, il a traversé la pièce. Je lui ai fait signe de s'approcher de la table. — Assieds-toi. Vin ou bière ?

— Je prendrai la même chose que tout le monde, a-t-il répondu simplement.

J'ai rempli un verre de vin rouge et l'ai posé devant lui sur la table alors qu'il s'asseyait sur la chaise que Liam lui indiquait. Quand Donovan m'a souri, j'ai eu des papillons dans le ventre.

Je n'arrêtais pas de me demander si l'effet qu'il me faisait finirait par s'estomper, mais ça ne semblait pas être le cas. Ses yeux bleus, associés à ses cheveux bruns et à sa beauté générale, conservaient le pouvoir de mettre mes sens en éveil. Bien sûr, le fait qu'il soit si incroyablement gentil n'aidait pas.

— Comment s'est passée ta journée ? a-t-il demandé en tournant son regard vers moi.

— Ma journée s'est bien passée. Et la tienne ?

— Chargée. J'avais une équipe aujourd'hui qui finissait une bonne partie des détails sur le carrelage cassé dans la cuisine et dans les salles de bains à l'étage. Pendant ce temps, je travaillais sur les plans d'un nouvel immeuble de bureaux à Portland, a répondu Donovan.

— Tu es bientôt au bout des rénovations ? a demandé Liam, pour faire la conversation.

— Oh, j'y arrive. Je dirais encore quelques mois, voire plus, entre la maison principale et la maison d'amis, a expliqué Donovan juste au moment où Moira arrivait à table.

Nous avons ouvert les boîtes à pizza et nous nous sommes servis. Après avoir commencé à manger, Donovan est revenu à la conversation. — Une fois la maison d'amis terminée, je me demande si je ne devrais pas m'y installer. J'ai parlé à mes parents la semaine dernière et ils ont une date de signature pour leur propriété dans le nord de l'État de New York.

— Oh, c'est super, a commenté Moira. Alors ils reviennent enfin s'installer à Charm Cove ?

— Ouais. Ils ont vraiment hâte.

— Tu penses les laisser rester dans la maison principale ? s'enquit Liam entre deux bouchées de pizza.

Donovan haussa les épaules. — Je n'ai certainement pas besoin de tout cet espace. Le pavillon d'amis est bien assez grand pour moi. En parlant de nouvelles, continua-t-il en changeant de sujet, de quoi parlait ton texto aujourd'hui ? Son regard croisa le mien.

— Oh, c'est vrai. Je n'ai même pas eu l'occasion de vous raconter ce que j'ai vu aujourd'hui, dis-je en regardant Liam et Moira de l'autre côté de la table. — En traversant la place du village aujourd'hui, j'ai vu Beatrice confronter Frances Howe parce qu'elle l'avait surprise en train de jeter un sort pour tuer quelques parcelles du jardin communautaire.

Moira eut un hoquet de surprise, la bouche bée. — Tu es sérieuse ?

— Complètement. Mais ce n'est pas tout. Beatrice a fait remarquer qu'il était assez étrange que Frances ait pu lancer ce sort sans rencontrer de problèmes. Alors maintenant, Beatrice soupçonne que Frances a quelque chose à voir avec les autres sorts qui ont mal tourné.

— C'est possible ? demanda Donovan.

Je haussai les épaules. — L'argument de Frances était qu'elle n'a pas assez de pouvoir pour faire une chose pareille. Je ne connais pas très bien ses pouvoirs, donc je ne saurais pas dire.

Liam termina une part de pizza, le regard pensif. — Je ne crois pas que quelqu'un dans sa famille soit très puissant.

— Quoi qu'il en soit, intervint Moira, la personne qui cause les problèmes avec les sorts est quelqu'un de puissant. On ne peut pas faire une chose pareille sans un pouvoir considérable.

— Quel genre de pouvoir faudrait-il pour faire ça ? demanda Donovan.

— Essentiellement, un pouvoir d'interférence. Ce n'est pas tout à fait comme un pouvoir de blocage, car celui-ci bloquerait complètement un sort. Le pouvoir d'interférence est un type de pouvoir apparenté, expliquai-je.

— Et comment sais-tu ça ? demanda Moira.

— Notre mère, dis-je en attrapant le regard de mon frère avec un sourire. — C'est le genre de choses qu'elle sait.

— A-t-elle eu l'occasion de chercher quelles familles possèdent ce pouvoir ? demanda Liam.

J'acquiesçai. — D'après elle, beaucoup de familles ont ce pouvoir depuis des générations. Elle fait des recherches plus approfondies pour voir si elle peut trouver des antécédents liés à l'utilisation de sorts d'interférence, ce qui pourrait l'aider. Ce n'est pas aussi courant que les pouvoirs de blocage, mais elle dit que c'est quand même assez répandu.

Sunshine, qui faisait la sieste sur le tapis près du canapé, s'approcha de nous, tournant autour de la table pour saluer tout le monde. Donovan lui gratta derrière les oreilles et me jeta un coup d'œil. — Son poil est bien plus beau, même si elle n'a pas encore pris beaucoup de poids, fit-il remarquer.

— Je sais. Ça ne fait que quelques jours, mais le vétérinaire a dit qu'une nourriture régulière améliorerait tout de suite son pelage. J'aimerais la laisser manger comme une ogresse, mais le vétérinaire a dit d'y aller doucement. Il a dit que ce n'est pas sain pour elle de prendre du poids trop vite.

— C'est logique, commenta Moira. — Tu ne m'as toujours pas dit ce qu'Opal pense des fournisseurs et de ce problème d'argent.

— Il est assez clair qu'ils ont détourné de l'argent. Opal veut laisser couler un peu pour voir si on peut recueillir plus d'informations. Ce n'est pas une somme énorme, et ça ne s'est produit qu'au cours des deux dernières années.

— Elle va laisser passer ça ? demanda Liam en haussant les sourcils.

Je haussai les épaules. — Oui. Elle veut voir si elle peut comprendre pourquoi. Si elle agit, comme en arrêtant de commander des fournitures sans prévenir, ça pourrait les alerter de ses soupçons. Apparemment, ils viennent la semaine prochaine, ce qu'ils font chaque année pour se rencontrer et passer en revue les commandes pour la saison suivante. Elle m'a invitée à l'accompagner au déjeuner qu'elle a prévu avec eux. Ce sera certainement intéressant.

Peu de temps après, nous étions en train de ranger, et Ghost et Sunshine se sont montrés très concentrés sur le jardin. Ghost était assis sur le rebord de la fenêtre, la queue frétillante, fixant l'extérieur, tandis que Sunshine avait le nez collé à la vitre et regardait dans la même direction.

Il ne faisait pas encore tout à fait nuit, et le reflet du soleil couchant à l'opposé de l'océan avait jeté sur l'eau une lueur chatoyante. La dépendance de Liam et Moira était située sur une falaise surplombant l'océan Atlantique, un peu plus loin sur la route où Liam et moi avions grandi. Il n'y avait pas grand-chose à voir à part une vue magnifique et la pelouse qui s'étendait entre la maison et l'océan, parsemée d'arbres.

— On devrait les laisser sortir ? demandai-je en apportant les verres de vin vides au lave-vaisselle où Moira rinçait les assiettes et les plaçait dans les paniers.

— Ghost peut sortir tout seul par la chatière, répondit-elle avec un sourire.

Comme s'il l'avait entendue, Ghost s'élança à travers la porte battante de la véranda grillagée, puis passa par sa chatière pour atteindre la terrasse arrière. Je m'approchai des fenêtres pour me tenir à côté de Sunshine, lui caressant la tête dorée alors qu'elle gémissait légèrement à la vue de Ghost qui filait à travers la pelouse.

Le ciel, qui avait été clair toute la journée, s'assombrit brusquement à l'arrivée de nuages qui plongèrent presque toute la zone dans l'obscurité. Bien que ce fût le crépuscule et que le soleil se couchait, la lumière persistante fut occultée par des nuages gris, colériques et menaçants.

Jetant un coup d'œil par-dessus mon épaule, je fis la remarque : — Tu devrais peut-être faire rentrer Ghost. Il revient quand on l'appelle ?

Liam traversa la pièce pour venir à mes côtés, les yeux inquiets tandis qu'il scrutait le ciel. Moira et Donovan nous rejoignirent un instant plus tard.

— En général, il ne vient pas quand on l'appelle, expliqua Moira d'un ton préoccupé. — S'il se met à pleuvoir, il va finir trempé.

— Je vais le chercher, proposa Liam.

Lorsque Liam passa la porte de la véranda, Ghost se retourna, sa silhouette blanche se détachant dans la pénombre. Il revint alors en courant vers la maison et s'engouffra dans sa chatière, juste au moment où un éclair illuminait le ciel.

CHAPITRE HUIT

— Oh, je n'en suis pas si sûre, ai-je dit à Moira de l'autre côté du comptoir de *Persnickety Potions & Gifts*.

— Tu as une meilleure idée ? a-t-elle rétorqué tout en sortant des petites fioles de remèdes à base de plantes d'une boîte, les vérifiant par rapport à une liste sur un presse-papiers.

— Eh bien, pas vraiment, mais je sais que Liam aura son mot à dire sur ta suggestion.

— Évidemment, a répondu Moira avec un grand sourire. De tous les endroits où je me suis téléportée, ce n'est pas si risqué.

À cet instant, Zoe a lancé depuis la vitrine où elle examinait les bracelets à breloques pour en acheter un en cadeau à une cousine qui vivait hors de l'État :

— Depuis quand est-ce une bonne idée que tu te téléportes quelque part ? a-t-elle demandé en s'approchant pour nous rejoindre près de la caisse.

— Ce n'est rien, a dit Moira en levant les yeux au ciel. Elle faisait référence à son pouvoir spécifique de se téléporter dans des lieux dotés de magie si elle se trouvait à proximité et savait où elle allait.

Son pouvoir était plutôt rare et se transmettait uniquement dans la lignée de sorciers et sorcières de la famille Wicked.

— Où comptes-tu aller, au juste ? Ou plutôt, où proposes-tu d'aller ? a précisé Zoe.

Moira a coché une ligne sur sa liste avec son crayon et a posé le presse-papiers sur le comptoir avant de regarder Zoe. — Opal a un déjeuner trimestriel avec le fournisseur qui, d'après Juliette, la vole pour se faire un peu plus d'argent sur le dos de *Beauty Bewitched*. Comme cette famille a des pouvoirs, c'est peut-être lié à toutes ces autres histoires bizarres. Puisque nous savons quand ils seront ici à Charm Cove, je me suis dit que je pourrais faire un saut à Portland pour visiter leurs bureaux. J'ai plein de courses à faire pendant qu'on y sera.

— Quoi ? a dit Zoe sèchement. C'est aller un peu vite en besogne de penser que cette histoire d'argent ait un rapport avec les problèmes de sorts bizarres ici.

— Pas vraiment, suis-je intervenue. Ma mère, parce qu'elle ne peut pas s'en empêcher, a fait des recherches sur la famille l'autre soir. Le pouvoir d'interférence est de famille chez eux. Ils ont aussi une part assez importante dans le projet éolien proposé. Ce ne sont que quelques éléments qui les relient aux événements de Charm Cove. C'est peut-être un peu décousu, mais qui sait ?

— Alors, quand ils viendront pour le déjeuner, où seras-tu ? a demandé Zoe en faisant un geste vers Moira.

— Comme je l'ai dit, je dois déjà faire des courses à Portland. Je vais juste me téléporter dans leurs bureaux et voir ce que je peux trouver de ce côté-là.

Zoe a levé les yeux au ciel et a soupiré. — Bon, ce n'est pas la pire des idées. Même s'il n'y avait pas toutes ces histoires de tempêtes et de problèmes de sorts, ça vaudrait le coup, ne serait-ce que pour comprendre pourquoi ils volent de l'argent à *Beauty Bewitched*.

Moira a souri de toutes ses dents. — C'est exactement là où je voulais en venir.

— Et si tu en parlais à Liam ce soir ? Si tu vas vraiment à Portland, j'aurai une liste de courses pour toi.

Zoe a ajouté :

— Pareil pour moi.

———

Quelques jours plus tard, le déjeuner trimestriel prévu avec la famille Alden était programmé pour midi au Charm Café. Le Charm Café était un restaurant local très apprécié et assez populaire auprès des touristes. Le café réussissait à être à la fois décontracté et haut de gamme, ce qui n'était pas une mince affaire, surtout sur le marché de la restauration très concurrentiel d'aujourd'hui. Bien que Charm Cove fût petite, nous avions quelques restaurants prisés comme destinations touristiques estivales.

Les places de parking étant rares puisque c'était le printemps et une belle après-midi ensoleillée, je suis venue à pied depuis mon bureau. En descendant le trottoir et en passant devant le jardin communautaire, j'y ai jeté un œil, curieuse de voir si tout poussait comme prévu.

Tout avait l'air vert et en bonne santé, donc le sort de blocage de Beatrice semblait avoir fonctionné. Je restais curieuse quant à la tentative de Frances de tuer certaines parties du jardin. Je ne voyais pas bien comment quelques petites parcelles communautaires pouvaient rivaliser avec l'entreprise que Frances développait. Cependant, la popularité du mouvement de la ferme à la table poussait les restaurants à se concentrer fortement sur les fournisseurs locaux. Bien que Frances fût locale, elle préférait probablement limiter sa concurrence.

J'ai tourné dans la rue qui quittait Charming Way pour mener au Charm Café. Il n'était plus qu'à un pâté de maisons et offrait une vue dégagée sur l'océan Atlantique. Aujourd'hui, la surface de l'eau était ridée par le vent, et le soleil projetait des étincelles de lumière sur les vagues.

J'espérais seulement que le temps resterait clair l'après-midi. J'ai tourné sur l'allée en dalles d'ardoise menant au Charm Café. Il était installé dans une vieille maison de style Cape Cod rénovée en un adorable petit restaurant. J'ai gravi les dernières marches de l'escalier en granit et je suis entrée dans le restaurant. Ce qui avait été autrefois un salon et une salle de réception était désormais une salle à manger ouverte. Les parquets brillants luisaient sous la lumière du soleil qui filtrait par les hautes fenêtres.

En regardant autour de moi et ne voyant pas encore Opal, j'ai sorti mon téléphone et tapé un rapide texto. « *Je nous prends une table pour cinq. Dis-moi si d'autres personnes viennent.* »

Après que l'hôtesse m'a installée à une table, j'ai pris les devants et commandé des apéritifs pour nous tous : des petits pains tout juste sortis du four avec une crème d'artichauts pour les végétariens, et une crème de crabe pour les autres. Apparemment, la fille qui reprenait l'entreprise était végane et ne touchait à rien qui ne soit pas végan. Elle avait aussi la réputation d'être extrêmement enthousiaste à l'idée de moderniser leur gamme de produits pour ne proposer que des lotions véganes.

J'admirais les personnes qui faisaient ce choix, mais personnellement, j'aimais trop la viande et les fruits de mer. Je me disais que je contribuais à ma manière en m'assurant que ce que je mangeais provenait de sources locales et responsables.

Peu de temps après, Opal est arrivée en compagnie des époux Alden et de leur fille, Viola Alden. J'avais déjà rencontré les Alden avec ma mère, lors d'une visite à leurs bureaux de Portland, mais c'était la première fois que je rencontrais leur fille.

Viola avait un côté tranchant. Ses cheveux sombres étaient tirés en une queue de cheval qui tombait droit entre ses omoplates. Elle avait des yeux bleu glacier et des lèvres fines. Elle m'a adressé un sourire pincé lorsque nous avons été présentées. — Enchantée de vous rencontrer, Juliette.

— De même, ai-je répondu avec un sourire. J'ai déjà commandé des apéritifs. J'espère que cela convient à tout le monde.

— Bien sûr que oui, ma chère, a dit Opal en se penchant pour déposer un baiser fugace sur ma joue tout en dépliant sa serviette pour la poser sur ses genoux.

— J'espère qu'ils ont des options véganes, a dit Viola.

— Absolument, ai-je répondu. J'ai commandé leur crème d'artichauts, qui est entièrement végane et ne contient aucun produit laitier. J'ai aussi pris la crème de crabe, qui, évidemment, n'est pas végane. J'ai désigné les deux plats au centre de la table.

Mme Alden m'a souri. — Oh, merci, ma chère. J'adore la crème de crabe. Je sais que Viola adorerait que nous devenions tous végans, mais je lui dis toujours que manger de la viande et du poisson, ça fait partie du cycle de la vie.

Viola s'est contentée de hausser les épaules. Elle a coupé ce qui devait être la plus fine tranche de pain que j'aie jamais vue, puis y a étalé une minuscule noisette de crème d'artichauts. Je n'ai pas pu m'empêcher de me demander si c'était pour cette raison qu'elle était si mince.

Un serveur s'est approché et a pris notre commande de boissons. Ensuite, il a récité les plats du jour et nous a assuré qu'il reviendrait rapidement. Opal a mené la conversation, bavardant sur les prochains événements du printemps. — Sinon, nous sommes toujours aussi occupées. Comment vont les affaires à Portland ? a-t-elle demandé en terminant son résumé.

— Portland a véritablement explosé ces dernières années, mais je suis sûre que vous le saviez, a dit Mme Alden, tandis que M. Alden hochait la tête en signe d'approbation.

— Je sais en effet que la ville s'est un peu développée et qu'elle est devenue une destination de choix avec tous ses restaurants et autres. Je dois reconnaître que la municipalité a fait un travail incroyable avec le centre-ville, a commenté Opal.

Viola est intervenue. — C'*est* ravissant. Nous espérons profiter de toute cette nouvelle énergie qui arrive en ville pour élargir notre clientèle. Nous pensons avoir un excellent produit. Maintenant que nous mettons en avant nos options véganes, cela étend notre marché, a-t-elle dit avant de prendre une minuscule gorgée d'eau.

— Vous prévoyez une expansion de l'entreprise ? ai-je demandé poliment.

— J'aimerais beaucoup. Rendre nos produits végans nous ouvre à un nouveau groupe de clients qui, autrement, se détourneraient de nous. Mais cela ne nous fera certainement pas perdre notre clientèle actuelle, a-t-elle répondu.

— C'est un bon argument, ai-je dit au moment où notre serveur est arrivé pour prendre nos commandes pour le déjeuner.

Après avoir commandé, la conversation s'est orientée vers diverses nouvelles concernant Charm Cove. Il était impossible de discuter affaires en ville sans aborder le développement longtemps attendu et quelque peu contesté du parc éolien sur une portion isolée du littoral de Charm Cove.

— Que pensez-vous de tout ça ? a demandé M. Alden.

J'avais remarqué qu'il réservait ses interventions aux sujets plus secs et professionnels, et qu'il ne semblait pas particulièrement enthousiasmé par les projets végans de sa fille. Cependant, il paraissait se contenter de la laisser faire à sa guise. Je sentais une tension sous-jacente entre eux, mais après tout, je suppose que c'est le cas dans n'importe quelle famille.

Opal a haussé légèrement les épaules. — Je pense que le monde est prêt pour les sources d'énergie alternatives. Surtout celles qui sont plus propres que ce que nous avons déjà. Je comprends que les gens s'inquiètent pour le paysage, mais la vue d'un champ pétrolifère n'est pas particulièrement belle non plus.

Mme Alden a acquiescé. — Vous pensez que ça va vraiment se faire ? a-t-elle demandé, l'air un peu nerveuse.

— Le projet a déjà passé toutes les étapes d'approbation, qui sont assez laborieuses. À ce stade, il s'agit juste de le réaliser, d'après ce que j'ai compris, ai-je avancé.

J'ai pris la dernière bouchée de mon sandwich tandis qu'Opal commentait : — C'est exactement ça. La ville a approuvé le projet il y a presque cinq ans. C'est juste que le développement lui-même faisait défaut. Je suppose qu'ils attendaient des financements, des subventions et ce genre de choses.

— J'ai entendu dire qu'il y avait quelques remous du côté de la famille qui possède la centrale électrique la plus proche. Elle dessert Charm Cove, Windy Bay et les deux villes non incorporées un peu plus au nord, a dit M. Alden.

Opal a hoché la tête. — Je suis sûre que c'est le cas, mais le changement fait partie de la vie, et de ce projet. Tout comme nous avons dû nous adapter aux caprices des tendances chez Beauté Ensorcelée, cette entreprise devra s'ajuster au fait que nous avons besoin de plus de sources d'énergie renouvelable. On leur a offert la possibilité de prendre une participation dans la société d'énergie éolienne.

— Une idée de la raison pour laquelle ils ont refusé ? ai-je demandé, sincèrement curieuse.

Opal a levé les yeux au ciel et a fait une pause pour boire une gorgée d'eau. — Non. Au début, je pense qu'ils croyaient vraiment que le projet ne verrait jamais le jour. Ils ont le monopole de l'électricité depuis si longtemps qu'ils ont été gâtés par la situation. Maintenant que ça se concrétise, et dans un avenir proche, je pense qu'ils essaient de faire du bruit. Un peu tard et un peu vain, si vous voulez mon avis.

Mme Alden nous a regardées tour à tour, l'air toujours un peu nerveuse, mais de quoi, je n'en avais aucune idée. — Nous avons certainement vu quelques articles à ce sujet à Portland, alors il sera curieux de voir ce qu'il va se passer.

CHAPITRE NEUF

Plus tard ce soir-là, j'étais assise en face de ma mère à la table de la cuisine, sirotant mon thé. — Je ne sais pas ce que c'était, mais quelque chose clochait. Ce n'est pas qu'ils aient posé beaucoup de questions sur le parc éolien, mais c'était bizarre. C'était presque comme s'ils espéraient que ça n'allait pas se faire. Je ne vois pas comment l'expliquer autrement, ai-je expliqué.

Ma mère a plongé sa cuillère dans le miel, en ajoutant un peu plus dans son thé. — Intéressant. Je me demande s'ils ont des parts dans l'ancienne compagnie d'électricité. Nous savons qu'ils ont des parts dans le projet éolien. Opal veut toujours attendre avant de prendre une décision concernant ce compte ?

— C'est ce qu'elle a dit.

— Hmm. Je comprends. Nous les avons comme fournisseur pour nos produits de base depuis plus de trente ans. Cela soulèverait certainement des questions si nous fermions ce compte. Nous ne pourrions pas le faire sans nous expliquer. Nous n'avons pas tant de fournisseurs qui soient réellement des sorciers et des sorcières, donc c'est une autre complication dans toute cette affaire.

— Tu n'as pas eu de nouvelles de Moira cet après-midi, par hasard ? ai-je demandé. Ou plutôt, peut-être de Liam ?

Ma mère a souri. — Bien sûr que si. Comme tu le sais, Moira est allée à Portland pour la journée. En fait, ils y passent la nuit. Ils seront de retour demain. Moira s'est transportée dans leurs bureaux. Liam a dit qu'elle a pris un tas de photos de documents, etc. Ils ont eu un après-midi chargé de courses, alors nous devrons attendre leur retour pour tout examiner. Je dois dire que, même si tes pouvoirs électriques m'ont beaucoup inquiétée, je suis plutôt soulagée que tu ne partages pas ce pouvoir-là.

— Le pouvoir de Moira, tu veux dire ?

Ma mère a hoché la tête. — C'est un pouvoir assez risqué. Elle le maîtrise bien, mais quand même.

J'ai ri doucement. — Eh bien, c'est comme ça. Aussi inhabituel que soit ce pouvoir, d'après ce que j'ai compris, il est plus facile à contrôler que le pouvoir électrique.

— Oh, certainement. Tu as une énorme quantité de pouvoir au bout des doigts. Je dois dire que je suis très fière du chemin que tu as parcouru pour le maîtriser. Pour en revenir aux fournisseurs, j'ai l'intention de vérifier avec Camilla pour voir ce qu'elle sait sur d'éventuels investissements, et avec ton père également. Notre entreprise a des participations à la fois dans l'ancienne compagnie d'électricité et dans le parc éolien, donc nous devrions être en mesure de flairer qui a investi.

— En quoi penses-tu que les investissements ont un rapport avec quoi que ce soit ? ai-je demandé.

— Ce n'est pas pour rien que l'expression « suivez l'argent » est un cliché. Peut-être que ça n'a rien à voir avec ce qui se passe, mais ça vaut toujours la peine de vérifier.

— Sur un autre sujet, je sais que tu as fait des recherches sur l'histoire des familles qui ont des pouvoirs d'interférence de sorts. Qu'as-tu trouvé d'autre ?

Ma mère a fait une pause pour siroter son thé avant de répondre. — Bien que la capacité d'interférer avec les sorts ne soit pas aussi courante que le blocage, elle n'est pas non plus totalement rare. La famille Alden porte le pouvoir d'interférence à travers les générations, tout comme les Bishop. Bien sûr, il est parfois apparu dans les familles Wicked et Good, en plus de la famille de Donovan. La famille

Wick est une branche éloignée de la famille Wicked, donc ce n'est pas une surprise non plus. Quelques sorcières dans l'arbre généalogique de la famille Howe ont également eu ce pouvoir.

— Ah oui ?

Ma mère a acquiescé. — Oui, il est donc possible que Frances ait ce pouvoir, mais cette famille en général n'a pas beaucoup de pouvoir, il est donc peu probable qu'elle puisse réussir à affecter les sorts de toute la ville.

J'ai soupiré. — Génial, donc ça ne restreint pas vraiment les possibilités.

Ma mère a haussé les épaules. — Peut-être pas. Comme pour tout, nous devons trouver le pourquoi. Pourquoi quelqu'un voudrait-il interférer avec les sorts ? Et pourquoi quelqu'un voudrait-il provoquer ces tempêtes ?

— Si l'on écoute les informations, cela fait juste partie du réchauffement climatique et du changement climatique. C'est peut-être juste ça.

— C'est certainement possible. Cependant, cela n'explique pas les problèmes de sorts que nous avons rencontrés ici à Charm Cove, a répondu ma mère.

— Bien sûr que non, mais et si c'était juste un accident ? Tout le fiasco de l'année dernière avec les marguerites s'est avéré être un accident.

— C'est toujours une possibilité. Ma mère a levé sa tasse de thé avec un léger sourire.

CHAPITRE DIX

« Laisse-moi voir », dis-je en désignant du geste les papiers que Moira avait étalés sur le comptoir de l'arrière-boutique de Persnickety Potions & Gifts.

Elle fit glisser un papier dans ma direction et continua d'en étudier un autre. Elle avait pris en photo des documents de la société de distribution des Alden lorsqu'elle s'était transportée dans leurs bureaux durant son excursion à Portland. Nous examinions les versions imprimées. Pour l'instant, il s'agissait surtout de bons de commande et autres documents du genre.

— Même si ça m'a bien aidée de me transporter là-bas, je me rends compte qu'il serait probablement plus utile de demander à Gabriel de pirater leurs dossiers, dit-elle en faisant référence à son grand frère, qui était très doué en informatique légale.

— C'est possible, mais ça nous donne un point de départ. Tu as déjà trouvé quelque chose ? demandai-je.

Moira fit glisser vers moi deux documents scotchés ensemble. Elle suivit une ligne du bout du doigt sur chacun d'eux. « Regarde, juste là. Il y a la commande originale d'un client. Ici, la commande semble correcte, parce qu'elle l'est. C'est juste qu'ils modifient ce qu'ils expédient et envoient un bon de livraison modifié. Exactement comme ce que tu as trouvé chez Beauté Ensorcelée. Les changements sont assez mineurs pour passer inaperçus. Ils prélèvent un petit quelque chose sur chaque commande. Même si je savais qu'ils étaient partis pour la journée, je n'étais pas à l'aise de rester trop longtemps dans les bureaux. N'importe qui aurait pu entrer, et ce ne sont pas les seuls à travailler là-bas. »

En parcourant les chiffres, je hochai la tête. « Oui. C'est exactement ce qu'ils font avec Beauté Ensorcelée. Mais à part ça, qu'est-ce qu'ils manigancent d'autre et pourquoi ? »

— Il faut suivre la piste de l'argent, dit Moira en repoussant une mèche de ses cheveux sombres de ses yeux pour la coincer derrière son oreille.

— C'est exactement ce que ma mère a dit. Comme je te l'ai déjà raconté, elle a aussi mentionné que la famille Alden possède des pouvoirs d'interférence magique de génération en génération. Bien sûr, la famille de Frances aussi, mais ma mère ne pense pas qu'elle ait assez de pouvoir pour faire grand-chose.

— À part les orages, est-ce qu'on a eu beaucoup d'autres signalements de problèmes de sorts ? demanda Moira.

— Rien de majeur, mais je pense que tout le monde est prudent. C'est un peu difficile de savoir s'il y a des problèmes avec les sorts quand la plupart des gens ont trop peur pour en lancer.

À ce moment-là, Delia passa la tête à travers le rideau de perles depuis l'avant du magasin. « On a des philtres d'amour dans l'arrière-boutique ? » demanda-t-elle.

Moira écarta les papiers et leva les yeux vers les innombrables rangées de potions sur l'étagère derrière la table où nous étions assises. En suivant une étagère du doigt, elle répondit : « On a du *L'amour trouve toujours un chemin*, mais c'est tout. Il y a une demande particulière ? »

— Je suis sûre que ça fera l'affaire, dit Delia en traversant le rideau et en se précipitant vers nous, prenant plusieurs bouteilles de potions que Moira lui tendit.

— Tu n'étais pas revenue ici pour travailler sur des potions ? s'enquit Delia avant de se détourner.

Moira me fit un clin d'œil. « Si, bien sûr. Juliette et moi, on s'est un peu laissé distraire. Donne-moi quelques minutes, et j'en aurai préparé d'autres. »

Delia sourit. « Merci. »

Après que Delia fut retournée en vitesse à l'avant du magasin, Moira me regarda avec un haussement d'épaules penaud. « C'est pour ça que j'étais là avant de t'appeler. Ça te dérange si je travaille sur ces potions pendant qu'on discute ? Si ça te dit, tu peux m'aider à lancer quelques sorts pour les potions. »

La boutique vendait un certain nombre de remèdes à base de plantes, qui étaient en réalité de véritables potions de sorcière déguisées sous le nom populaire de « remède à base de plantes ». Bien sûr, c'*étaient* des remèdes à base de plantes. C'est juste qu'ils étaient imprégnés d'assez de magie pour fonctionner remarquablement bien. Tout comme tous les produits que nous vendions chez Beauté Ensorcelée.

—Je serai ravie de t'aider, répondis-je.

Moira se mit au travail en préparant les remèdes, et je me chargeai de lancer les sorts pour chaque potion. Les plus populaires étaient les philtres d'amour.

— Tu pourrais donner un petit coup de pouce aux choses avec Donovan si tu voulais, me taquina Moira pendant que nous travaillions.

Je la regardai de travers. « Sûrement pas. Tout se passe parfaitement bien sans ajouter de sorts dans l'équation. » Je fis de nouveau claquer mes doigts juste au moment où je réalisai. « Hé ! On est en train de jeter des sorts et tout se passe bien. »

Moira se figea alors qu'elle commençait à verser le liquide pour l'un des remèdes dans un entonnoir. « Oh, waouh. Tu as raison. J'étais en pilote automatique et j'ai commencé sans y penser. »

— Hmm. Je me demande si ce qui détraquait les sorts s'est finalement arrêté. Peut-être que quelqu'un a bloqué ce qui en était la cause.

Moira haussa les épaules et reprit le versement de la base d'une potion dans une bouteille en verre décorative, hochant la tête en signe d'accord. « Intéressant. On ne parle pas vraiment d'une ville pleine de sorcières et de sorciers amateurs, donc je suis sûre que quelqu'un aurait pu trouver comment le bloquer. »

— Ça aurait aussi pu être un accident. Surtout avec les adolescents qui apprennent à maîtriser leurs pouvoirs, il y a parfois des accidents.

Ou comme ce qui s'est passé l'année dernière avec les marguerites. Ces deux sorcières ne voulaient pas que ça dégénère.

Moira gloussa. « C'est vrai, et Charm Cove a fait la une des journaux en tant que Merveille mondiale de la marguerite », dit-elle, se référant au titre décerné à la ville pendant quelques semaines. Les marguerites avaient poussé de manière absolument incontrôlable à cause d'une dispute mineure et insignifiante, et les sorts avaient accidentellement commencé à se multiplier. « Mais sérieusement, des pouvoirs d'interférence, ça ne ressemble pas à un accident. »

Je fis un mouvement de doigts vers la bouteille qu'elle me tendit. Nous travaillions sur un lot de *L'amour fait tourner le monde*. « Bien vu. C'était peut-être aussi simple que quelqu'un essayant d'interférer avec quelque chose de mineur, mais qui a ensuite perdu le contrôle. Beatrice était assez méfiante à l'égard de Frances. »

Moira leva les yeux au ciel. « Je sais. Beatrice est venue au magasin pour m'en parler. Elle trouve Frances un peu coincée. »

— Je ne la connais pas particulièrement bien, mais elle était certainement un peu grincheuse ce jour-là. Mais bon, Beatrice a interrompu sa tentative de causer des problèmes à quelques parcelles du jardin communautaire qu'elle considérait comme de la concurrence.

— Frances a trouvé un bon créneau commercial, a suggéré Moira. Elle ne peut tout de même pas s'attendre à ce que les gens n'essaient pas de la concurrencer. Sans compter que les jardins communautaires et les foires au jardinage hebdomadaires sont courants. Elle doit s'y attendre.

— On peut tous s'attendre à ce que des choses se produisent, mais ce n'est pas toujours ce que l'on souhaite.

— C'est bien vrai. Bon, je passe à la potion *Colère noire ? Fracassez cette fiole*, a dit Moira.

— J'ai toujours adoré les noms des potions ici, ai-je répondu avec un petit rire.

Moira m'a adressé un large sourire. — C'est une idée de Lea, a-t-elle dit. Lea gérait cette boutique avant. — Elle disait qu'elles se vendaient mieux quand les noms étaient évidents et drôles. Moira a changé le bol à mélanger et les liquides qu'elle utilisait comme base pour les remèdes à base de plantes, sortant plusieurs bocaux du placard à côté d'elle, qui contenaient une grande variété d'ingrédients.

L'une des jumelles est revenue pour prendre une boîte pour un cadeau, nous interrompant brièvement pour demander quelque chose à Moira à propos d'une demande de bracelet en commande spéciale.

Moira était en train de répondre juste au moment où j'ai claqué des doigts pour lancer un autre sort. La bouteille bleue s'est brisée et le remède liquide s'est répandu sur tout le comptoir.

Celia a eu un hoquet de surprise. — Oh non ! Je pensais que tout se passait si bien.

— Nous aussi, ai-je répondu alors que Moira se penchait pour prendre un rouleau d'essuie-tout sur une étagère à côté de la table.

— Fais attention, lui ai-je dit alors qu'elle commençait à essuyer le liquide. Ne te coupe pas avec le verre.

Celia nous a regardées tour à tour, un pli se formant entre ses yeux. — Ne t'inquiète pas, ai-je dit. Va aider les clients, on va nettoyer ça. Il se trouve que ce qui affectait les sorts semble le faire de manière occasionnelle.

— Tu sais qui est dans la boutique ? a demandé Celia.

— Non, qui ? avons-nous demandé, Moira et moi, à l'unisson.

— Viola Alden. N'est-ce pas la femme qui reprend la direction de l'entreprise de fournitures ? a demandé Celia.

— Que sais-tu à ce sujet ? ai-je demandé en plissant les yeux.

Juste à ce moment-là, la sœur aînée des jumelles, Emma, qui était aussi l'une de mes cousines, est entrée en passant le rideau de perles. Elle avait clairement entendu la fin de notre conversation. — N'as-tu pas encore appris que les jumelles découvrent tout, Juliette ? a demandé Emma en traversant l'arrière-boutique pour s'appuyer la hanche contre la table à côté de moi.

— Je devrais le savoir depuis le temps, ai-je répondu avec un clin d'œil.

— Elles ont probablement surpris notre mère en train d'en parler à notre père hier soir. J'ai deviné juste ? a-t-elle demandé en adressant un sourire à Celia.

Celia a souri. — Je n'y peux rien si j'ai l'ouïe fine.

— J'imagine que non. Maintenant, retourne là-bas et occupe-toi des clients, a dit Moira en levant les yeux au ciel.

Celia s'est dépêchée de partir, s'éloignant presque en sautillant et visiblement contente d'elle.

— Que s'est-il passé ? a demandé Emma en jetant un coup d'œil à la table. Moira avait soigneusement épongé les débris de verre et le remède renversé avec une poignée d'essuie-tout.

— On préparait des potions, et les sorts fonctionnaient très bien. Jusqu'à celui-ci, ai-je expliqué en faisant un geste de la main vers la table.

Emma a hoché la tête. — Je voulais envoyer un texto à tout le monde ce matin. Je travaillais sur des parterres de fleurs chez mes parents ce matin. Je n'ai eu aucun problème avec les sorts jusqu'au dernier. Je voulais donner un coup de pouce à un massif d'hostas. Au lieu de ça, les trèfles ont explosé. C'était plutôt bénin, mais assez embêtant parce que maintenant je dois désherber. Je n'ai pas osé lancer un sort pour annuler le premier. J'avais peur de causer des problèmes à ce que j'essayais d'aider, a expliqué Emma.

Emma partageait mes couleurs avec ses cheveux sombres et ses yeux bleus. Elle a haussé un sourcil brun en nous regardant tour à tour Moira et moi. — Je dois dire que, qui que soit la cause de tout ça, c'est une vraie plaie.

— Tu peux dire « casse-pieds », a dit Celia. Elle a passé la tête à travers le rideau de perles et a tiré la langue à sa sœur aînée.

— Retourne au travail, a lancé Moira.

Celia a de nouveau disparu, et nous avons entendu son petit rire.

— Je suis bien contente que tu sois leur patronne et pas moi, a taquiné Emma. — Je suis passée voir si vous vouliez qu'on se retrouve à l'Enchanted Spirits ce soir ? Ça fait quelques semaines. J'ai vu Zoe, et figurez-vous qu'elle a trouvé une baby-sitter pour ce soir.

— Est-ce que ça inclut les hommes ? a demandé Moira.

— Bien sûr. Jackson sera là avec moi, a répondu Emma, en parlant de son petit ami. — Tu amèneras Donovan ? Une lueur malicieuse est apparue dans ses yeux quand elle m'a regardée.

— Je lui demanderai, c'est certain, mais je ne sais pas s'il sera là.

— Il dira oui, a interjeté Moira.

— Comment le saurais-tu ? ai-je rétorqué, en lui donnant un coup de coude.

Emma est intervenue. — Cet homme t'aime bien. Beaucoup.

— Eh bien, Jackson t'aime bien. Beaucoup, ai-je plaisanté.

— Et nous sortons ensemble, officiellement.

— Je suis presque sûre que Donovan et moi, c'est officiel maintenant.

Emma a souri. — Bien, alors, je vous vois là-bas toutes les deux ?

Moira a jeté un œil à sa montre. — Allons-y maintenant. C'est déjà presque l'heure de la fermeture. On vous y retrouve dans une demi-heure. Ça me laissera le temps d'aider les jumelles à fermer.

— Est-ce qu'elles ont besoin qu'on les ramène à la maison ? a demandé Emma alors que Moira se levait.

— Non, pas besoin, a lancé la voix de Lea alors qu'elle entrait par le rideau de perles. Elle s'est approchée d'Emma et lui a déposé un baiser rapide sur la joue. — Vous êtes si gentille, vous vous assurez toujours que vos petites sœurs arrivent à bon port.

Emma a levé les yeux au ciel. — Maman, bien sûr que oui.

Juste à ce moment-là, la porte de l'arrière-boutique s'est ouverte et Camille, la mère de Moira, a fait irruption. Elle a claqué la porte derrière elle.

— Qu'est-ce qui ne va pas ? avons-nous demandé, Moira et moi, presque à l'unisson.

CHAPITRE ONZE

Camille n'avait rien de son calme et de son assurance habituels. Elle avait les yeux écarquillés en se précipitant vers nous.

— Il y a un énorme orage et une tornade de l'autre côté de la ville.

— Quoi ?

— Hein ?

— Tu es sérieuse ?

Nos questions se croisèrent.

Camille hocha simplement la tête.

— Bien sûr que je suis sérieuse. Ça se passe tout près du parc éolien qu'ils ont commencé à construire le mois dernier.

À cet instant, un son fort et strident retentit. Nos téléphones se mirent à sonner simultanément, déclenchés par le système d'alerte d'urgence de la ville. Emma, qui avait le sien à la main, appuya immédiatement sur le haut-parleur.

Ceci est un bulletin d'urgence du système d'alerte de Charm Cove. Des conditions météorologiques dangereuses sont actuellement présentes dans la partie nord de la ville, avec une tornade et des vents violents signalés. Les habitants sont priés de se mettre à l'abri là où ils se trouvent et de ne pas tenter de se déplacer. Les habitants doivent rester sur place et s'abriter dans les sous-sols si possible.

Nos quatre paires d'yeux se sont tournées les unes vers les autres.

— Je ne pense pas qu'on va se retrouver à l'Enchanted Spirits, commenta Moira.

— On devrait peut-être rester ici ? demandai-je.

— Je ferme la boutique, et je pense qu'on devrait tous descendre à la cave. On devrait aussi appeler tous nos proches pour leur dire de ne pas bouger, au cas où ils n'auraient pas vu ou entendu l'alerte, dit Moira rapidement. Elle avait déjà Liam au téléphone en se dépêchant de retourner à l'avant du magasin.

J'ai appelé Donovan, pour découvrir qu'il arrivait justement derrière la boutique parce qu'il y avait vu ma voiture.

— Alors, entre vite, lui dis-je en jetant un coup d'œil par la porte de derrière vers le ciel menaçant. Il était d'un gris sombre, presque violet, et avait l'air furieux. Je pouvais entendre le grondement lointain du tonnerre et le sifflement de l'air qui tourbillonnait alors que le vent se levait.

Le centre-ville de Charm Cove se trouvait à huit bons kilomètres de l'endroit où l'orage et la tornade avaient été signalés, mais avec le vent qui soufflait, ce n'était pas si loin.

La voiture de Donovan s'arrêta brusquement et il en bondit, traversant le parking arrière au moment où le véhicule de Liam arrivait derrière lui dans un crissement de pneus. J'ai attendu près de la porte pendant qu'ils couraient tous les deux vers moi, et ils se sont engouffrés à l'intérieur juste au moment où de grosses gouttes de pluie commençaient à tomber du ciel.

Lea nous ayant fait signe de passer par l'entrée de la cave, nous nous sommes tous précipités en bas après que Moira ait tout verrouillé à l'avant. Les clients qui se trouvaient dans le magasin nous ont également rejoints, y compris Viola Alden. Elle semblait plutôt calme face à la situation, totalement maîtresse d'elle-même, tout comme lorsque je l'avais vue au déjeuner l'autre jour.

En quelques minutes, nous nous sommes tous retrouvés dans la cave sous la boutique Potions et Merveilles. Le grondement du tonnerre et le fracas des éclairs nous parvenaient, même là.

Delia et Celia s'étaient rapidement consacrées à la tâche de rendre l'espace confortable d'une manière ou d'une autre. En plus des jumelles, de Lea, Camille, Moira, Emma, Viola, Donovan, Liam et moi-même, il y avait aussi quatre clientes avec nous, ce qui rendait la cave assez bondée. Heureusement, l'endroit était propre et bien rangé. C'était assez remarquable, considérant que ce bâtiment avait quelques siècles.

Comme beaucoup de vieux bâtiments de la région, la cave était taillée dans le granit, avec des rigoles creusées dans la pierre pour que l'eau puisse s'y écouler. De temps en temps, je me rappelais que nos ancêtres étaient peut-être plus malins que nous en matière d'urbanisme. Avec ces drains naturels creusés à même la roche, la cave ne risquait probablement jamais d'être inondée. Ce petit détail de conception était courant dans de nombreuses vieilles maisons de la région.

— Voilà, dit Celia avec satisfaction en tirant un petit canapé du mur, invitant les clientes à s'y asseoir. Il y avait plein de chaises pliantes, et les jumelles créèrent un petit cercle avec les sièges, comme s'il s'agissait d'une réunion mondaine organisée.

Lea adressa un sourire chaleureux à ses filles jumelles et leva la main pour rajuster la baguette qui maintenait son chignon en place.

— Merci, les filles. Si on doit rester ici longtemps, on a même quelques en-cas, dit-elle en désignant une armoire contre le mur.

— On a des en-cas ? s'enquit Liam.

Moira sourit en s'asseyant sur l'une des chaises pliantes à côté de lui.

— Bien sûr. Ne t'emballe pas trop. Ce n'est rien de grandiose, juste des crackers et des noix.

Donovan s'assit à côté de moi et commenta :

— Je n'imagine pas qu'on ait besoin d'attendre ici bien longtemps.

Viola s'était assise en face de moi. Elle croisa les jambes et haussa une épaule fine.

— Difficile à dire. Tout ce temps est vraiment très étrange.

J'aurais aimé que les clientes ne soient pas là avec nous, car j'avais quelques questions sur la magie et les sorts à poser à Viola, mais ce n'était vraiment pas le moment de se lancer là-dedans.

Une des clientes intervint.

— Ce temps est *tellement* étrange. Mais en même temps, le temps est bizarre partout, on dirait. Rien que la semaine dernière, il y a eu six tornades dans le Kansas en une semaine. Bon, évidemment, les tornades sont plus fréquentes là-bas, mais ça semble quand même beaucoup.

Une autre cliente ajouta :

— Et tous ces incendies l'année dernière dans l'Ouest. Elle fit la moue en pensant à ça. Qui sait ce qui se passe ? Mais je dois vous dire que j'espère vraiment que cet été ne sera pas aussi chaud que le dernier.

Moira demanda poliment :

— Vous êtes de la région, mesdames ?

— Eh bien, si on considère que Boston fait partie de la région, alors oui. Nous n'habitons pas dans le Maine, mais nous venons ici chaque année pour le shopping et pour visiter. Potions et Merveilles est l'un de nos endroits préférés, répondit l'une des femmes.

Le visage de Lea s'illumina.

— Oh, nous adorons entendre ça ! J'espère que vous avez aussi visité Beauté Ensorcelée. C'est un peu la boutique partenaire de la nôtre ici à Charm Cove.

— Bien sûr que oui ! s'exclama une autre cliente du groupe. Ce sont nos deux boutiques préférées à Charm Cove. Nous achetons nos bijoux et nos cadeaux ici et nous allons là-bas pour les produits de beauté incroyables.

L'une des femmes lui tapota la joue. — Je suis tout à fait convaincue que la lotion pour le visage de Beauty Bewitched m'a vraiment rajeunie.

Viola intervint alors, commentant : — Nous sommes l'un de leurs fournisseurs pour leurs lotions de base.

Viola et les femmes se lancèrent dans une brève conversation sur les bienfaits de divers produits, Viola vantant les merveilles des produits végans. Le groupe se tut subitement lorsque nous avons tous été interrompus par un puissant vrombissement à l'extérieur et un coup de tonnerre terriblement proche, suivi aussitôt d'un éclair si vif qu'il a jailli à travers les étroites fenêtres en haut des murs du sous-sol.

Donovan et Liam se levèrent d'un bloc et se dirigèrent d'un pas décidé vers les fenêtres. Celles-ci offraient une excellente vue sur le trottoir, et pas grand-chose de plus.

Je me suis levée et j'ai traversé le sous-sol en hâte. La main de Donovan s'est refermée sur la mienne quand je suis arrivée à ses côtés. Sa prise chaude était rassurante. — Qu'est-ce que tu vois ? ai-je demandé. Même sur la pointe des pieds, je n'étais pas assez grande pour bien voir.

— On dirait que cette tornade se dirige droit sur le centre-ville, a-t-il répondu, la voix tendue.

Les jumelles poussèrent un cri de surprise à l'unisson. — On est en sécurité ? s'est exclamée Celia.

— Est-ce que ça va aller ? a demandé Delia, leurs voix se croisant.

Liam jeta un coup d'œil par-dessus son épaule et répondit : — On devrait tous être en sécurité là où nous sommes.

Moira s'est précipitée vers nous. — Espérons juste que ça passe vite et que ça ne cause aucun dégât.

Les quatre clientes avaient l'air à la fois excitées et effrayées, tout comme les jumelles. Pendant ce temps, Emma s'était assise à côté de ses sœurs. Ceux d'entre nous qui étaient sorciers ou sorcières se sont tous jeté des regards silencieux. À l'exception de Viola, bien sûr.

Quelque chose clochait dans toute cette histoire, et j'aurais aimé que nous ayons la moindre idée de ce qui se passait. Par hasard, j'ai regardé en direction de Viola et je l'ai vue lever la main, agitant brièvement le bout de ses doigts vers les fenêtres. Pour un observateur non averti, on aurait pu croire qu'elle ajustait simplement le bracelet à son poignet, car c'est ce qu'elle a fait juste après.

Quand j'ai de nouveau regardé vers les fenêtres, le regard de Moira a croisé le mien, un sourcil noir se haussant d'un trait. De toute évidence, elle venait d'être témoin de la même chose que moi. En l'espace de quelques minutes, le bruit du vent et le grondement du tonnerre se sont lentement tus. Le soleil a soudain percé les nuages et a projeté sa lumière à travers les fenêtres.

— C'est déjà fini ? a demandé Celia en se levant de sa chaise.

— On dirait bien, a répondu Lea.

Quand j'ai jeté un regard dans sa direction, j'ai tout de suite su qu'elle avait aussi vu ce que Viola avait fait.

Après quelques instants de plus, quand il fut clair que l'orage était terminé, nous sommes tous remontés à l'étage en groupe, les clientes plutôt excitées par la tournure des événements. Comme elles continuaient leurs achats, il ne fallait pas que nous discutions de cela pour l'instant. Nous avons donc maintenu notre projet de nous retrouver bientôt pour dîner à l'Esprit Enchanté.

CHAPITRE DOUZE

— J'ai clairement vu ce qu'elle a fait, dit Emma en se penchant vers le centre de la table pour rapprocher le bol de sauce au crabe et s'en servir une cuillerée dans son assiette.

— Attends une seconde, intervint Donovan. Alors, vous trois, vous l'avez vue faire un geste de la main et vous êtes quasi sûres que c'était un sortilège ? Son regard passa de l'une à l'autre.

Moira, Emma et moi hochâmes la tête en même temps. Je commentai :

— Absolument. Je sais faire la différence entre quelqu'un qui tripote son bracelet et quelqu'un qui lance un sort. Juste après son geste, la tornade qui filait droit sur le centre-ville de Charm Cove avait disparu. Pouf. Et ensuite, ce fichu soleil est revenu.

Moira prit une gorgée de sa bière en jetant un regard à Liam.

— Vous ne l'avez pas vue, les garçons ?

Liam secoua la tête, tandis que Donovan répondait :

— Évidemment que non. On essayait de voir ce qui se passait dehors.

— Ce qu'on doit savoir, c'est pourquoi, songea Gabriel, le frère de Moira.

— Exactement. Je ne doute pas qu'elle ait lancé une sorte de sortilège, mais je n'ai aucune idée de la raison, dis-je.

— J'essaie de voir si toutes ces bizarreries pourraient avoir un rapport avec les problèmes financiers qu'on a remarqués, dit Moira.

— Tu peux nous expliquer cette histoire de problèmes financiers ? demanda Emma.

— D'abord, j'ai remarqué des écarts en recoupant ce qu'on leur commandait par l'intermédiaire de Beauté Ensorcelée et ce qu'on recevait vraiment. Elles modifiaient les fiches de réapprovisionnement pour qu'on ne voie rien. En fait, Opal commandait et payait systématiquement un peu plus que ce qu'elle recevait, et ce depuis environ deux ans, expliquai-je.

— Je suis allée faire quelques recherches dans leurs bureaux l'autre jour, sachant qu'elles étaient ici. Liam et moi devions déjà aller à Portland pour des courses, donc ça tombait bien. Je n'ai pas encore tout épluché, mais j'ai trouvé quelques cas similaires. Depuis un an que Viola a repris la direction, elle détourne habilement de l'argent de plusieurs endroits, dit Moira en secouant la tête.

— Ce n'est pas si habile que ça, intervins-je. C'était assez facile à trouver, mais il faut chercher. Elle mise sur les bonnes relations qu'elles entretiennent de longue date avec de vieilles entreprises et s'attend à ce que les gens ne vérifient pas. Honnêtement, si je n'avais pas repris la comptabilité et si je n'avais pas tout vérifié deux fois pour m'assurer que j'étais dans les clous, j'aurais pu passer à côté plus longtemps.

— Peut-être qu'elle a aussi un rapport avec ces phénomènes météo, dit Donovan. Mais on ne sait pas vraiment si les deux sont liés. On ne sait même pas si elle est liée aux problèmes d'interférence de sorts.

Emma haussa les épaules.

— C'est vrai. Sauf que les interférences de sorts et les phénomènes météo étranges se produisent en même temps. Le timing est probablement plus qu'une coïncidence.

— Quel genre de pouvoir faut-il pour manipuler la météo ? demanda Jackson, assis à côté d'Emma.

— C'est une combinaison de pouvoirs électriques et météorologiques, dis-je. Ma mère cherche déjà des familles qui ont des pouvoirs d'interférence. Il semble qu'elle doive aussi faire des recherches sur les pouvoirs liés à la météo et à l'électricité.

— On dirait bien, dit Nathan Good en s'approchant de notre table. Il y a une place pour moi ?

— On peut toujours te faire une place, répondit Donovan en rapprochant sa chaise de la mienne. Gabriel fit de même de l'autre côté de Donovan, tandis que Nathan attrapait une chaise vide à une table voisine.

— Où est Edie ? demanda Moira alors que Nathan s'installait, attrapant aussitôt une tranche de pain frais sur laquelle il étala de la sauce au crabe. Il prit une bouchée et mâcha avant de répondre.

— Elle est partie voir ses parents. Elle sera absente pendant une semaine.

— Elle te manque ? demanda Liam avec un clin d'œil.

Nathan haussa les épaules, sans gêne.

— Bien sûr. C'est comme toi avec Moira si elle s'absente.

Le sourire de mon frère s'élargit, et il passa son bras sur les épaules de Moira.

— C'est bien vrai.

— Revenons à nos moutons. Il faut qu'on découvre ce que Viola manigance, et pourquoi, dit Emma.

— C'est quelque chose qu'on devrait demander à Daniel ? m'enquis-je en regardant Zoé.

Zoé leva les mains puis les laissa retomber.

— Comment veux-tu que je le sache ? Ce n'est pas parce que je suis mariée au chef de la police que je sais sur quoi il veut enquêter. Mais la météo ne fait absolument pas partie de sa juridiction. Si quelqu'un veut qu'il se penche sur l'affaire financière, eh bien, c'est autre chose. Je suppose que c'est une sorte de délit. Du vol, probablement.

— Je parlerai à ma mère ce soir pour qu'elle cherche les familles avec des pouvoirs météorologiques et électriques. J'imagine que ce serait logique qu'Opal et les autres entreprises qu'elles ont volées décident de ce qu'elles veulent faire, proposai-je.

— J'ai du mal à imaginer que qui que ce soit veuille agir trop vite là-dessus, du moins pas dans le coin, commenta Gabriel.

— C'est ce que je pensais aussi, approuva Liam. Si l'histoire d'argent a un rapport avec ce qui se passe avec la météo et les problèmes de sorts, on n'a certainement pas envie de lui mettre la puce à l'oreille.

— Ou peut-être que si, suggéra Donovan.

— Ah oui ? le dévisageai-je.

Il haussa une épaule.

— Il faut que ce soit le bon moment, mais oui. Je ne pense absolument pas que ce soit maintenant, mais quand on aura une meilleure idée de ce qui se passe, un peu de pression pourrait aider.

À ce moment-là, notre serveuse arriva avec nos plats. Entre cette interruption et le début du repas, la conversation dévia sur un autre sujet, jusqu'à ce que Viola apparaisse.

— Qu'est-ce qu'elle fait ici ? a demandé Moira quand Viola a traversé le bar.

— Qui est avec elle ? a ajouté Emma.

— Ne la dévisageons pas tous, ai-je murmuré en me retournant, souriant et levant la main pour la saluer afin de masquer ma tentative de voir qui était avec Viola.

Viola m'a fait un signe de la main en retour, m'adressant un sourire pincé. Étant donné que tous les sourires que je lui avais vus étaient pincés, ça ne voulait rien dire. Tandis qu'elle traversait le bar et se dirigeait vers le fond de la salle, bien trop loin pour entendre ce que nous pourrions dire, je me suis retournée. — Je ne reconnais pas l'homme qui l'accompagne. Quelqu'un sait qui c'est ?

Zoe a enfourné un oignon frit, a hoché la tête en signe d'accord avant de répondre : — Moi non plus, mais son visage me dit quelque chose.

— Tu penses qu'ils ont un rendez-vous galant ? nous a demandé Nathan en piquant une poignée d'oignons frits.

— Eh, mec, ne prends pas tout le panier, a dit Liam en lui donnant un coup de coude.

Nathan n'en a pas fait cas et a simplement haussé les épaules en désignant l'autre panier d'oignons frits. — C'est pour ça qu'on a pris deux paniers. On peut toujours en commander d'autres.

— Pour répondre à ta question, a commencé Moira, je ne pense absolument pas qu'ils aient un rendez-vous galant. Il a l'âge d'être son père, peut-être même son grand-père.

Viola nous tournant le dos, j'ai profité de l'instant pour étudier l'homme à ses côtés en jetant un nouveau coup d'œil. Il était corpulent, avec des cheveux gris et un visage buriné. Il ressemblait à un homme qui avait vécu sa vie au bord de l'océan, usé par des journées d'air salin et de soleil. Son visage me semblait un peu familier, mais je n'arrivais pas à le situer. En me retournant, j'ai ajouté : — Je jurerais l'avoir déjà vu. C'est juste moi ?

Donovan a pris une gorgée de sa bière avant de répondre : — Je l'ai déjà vu. Ce qui est assez drôle, vu que je ne suis pas revenu en ville depuis très longtemps. Je suis presque sûr qu'il habitait un peu plus loin dans notre rue quand je grandissais ici. Remarquez, j'avais six ans quand on a déménagé, donc ma mémoire n'est certainement pas infaillible. Mais je le reconnais sans aucun doute. J'appellerai mes parents ce soir pour voir s'ils se souviennent de qui vivait dans notre rue à l'époque.

— En supposant que ce soit bien quelqu'un qui habitait dans ta rue, où se trouvait sa propriété ? a demandé Zoe.

Donovan a tapoté la table du bout des doigts, avant de répondre : — La raison pour laquelle je me souviens de lui, c'est que sa propriété était à côté d'un chemin d'accès à une vieille carrière où on allait se baigner. Il y avait un sentier qui partait de là et qui menait jusqu'à l'océan. Bien que la propriété de ma famille soit sur une falaise juste au bord de l'océan, la descente vers la plage n'est pas facile. C'est trop escarpé et rocheux. Quand j'étais enfant, on utilisait souvent ce chemin d'accès pour descendre au bord de l'eau. Il passe juste à côté de sa propriété et s'étend jusqu'à l'endroit où le nouveau parc éolien est en construction.

CHAPITRE TREIZE

Un sort orageux pour Charm Cove

La météo à Charm Cove a été tout sauf agréable ces dernières semaines. On a même aperçu une tornade, chose rare, près de la plage, non loin du projet de construction du parc éolien. Des rapports indiquent que la construction a subi quelques dégâts, mais le chef de projet a refusé aux journalistes l'accès au site.

Est-ce le signe avant-coureur d'un temps encore plus déchaîné pour notre petite ville ? La dernière tornade observée ici remonte à plus de cent ans. Tout comme la plupart des habitants de la ville, nous, à The Ink Spot, *espérons que cette période orageuse printanière n'est qu'un coup du sort. Peut-être que les sorcières et sorciers de la ville dont parle la rumeur pourraient jeter un véritable sort pour que tout cela disparaisse ?*

J'ai refermé l'hebdomadaire et pris une profonde inspiration. *The Ink Spot* appartenait à la famille Bishop, une famille qui comptait de nombreuses sorcières et de nombreux sorciers au fil des générations. Pendant de nombreuses années, le seul journal de la ville avait rarement fait allusion aux prétendus (et bien réels) habitants magiques de Charm Cove. Pourtant, après le fiasco des marguerites de l'année dernière, les propriétaires avaient pris le parti d'en rire. Je ne savais pas encore trop quoi penser de cette approche. Bien sûr, les rumeurs avaient toujours couru bon train au sujet de Charm Cove, alors je supposais qu'en parler ouvertement pourrait leur ôter un peu de leur véracité.

Me levant de mon bureau, je suis sortie. J'étais passée déposer Sunshine avant d'aller prendre un café et j'avais été détournée de mon objectif en voyant le journal sur mon bureau avec ce gros titre. Sunshine faisait déjà joyeusement la sieste dans un coin ensoleillé de mon bureau. Elle avait passé la nuit chez Donovan, mais comme des entrepreneurs devaient venir travailler sur la maison, elle était avec moi pour la journée.

Il était encore tôt ; le soleil était à peine assez haut dans le ciel pour que la rosée sur l'herbe commence à se dissiper. Les derniers jours avaient été heureusement exempts d'orages. Je traversais le square pour me rendre au Magic Beans où je devais retrouver Opal, quand j'ai entendu mon nom. Jetant un regard par-dessus mon épaule, j'ai vu Beatrice me faire de grands signes tout en marchant d'un pas vif dans ma direction. Son groupe de marche rapide a continué sur sa lancée tandis qu'elle s'en détachait pour me rejoindre à la jonction d'une des allées en ardoise.

— Bonjour, Juliette, dit-elle, à peine essoufflée malgré son rythme soutenu.

— Bonjour, Beatrice, ai-je répondu, songeant en silence qu'avec son niveau d'énergie, elle me donnait un coup de vieux. Et moi qui avais les cheveux relevés en une queue de cheval en bataille et qui attendais mon café avec impatience pour me sentir un peu plus réveillée à cette heure matinale. Comment vas-tu aujourd'hui ?

Beatrice a hoché la tête. — Très bien, a-t-elle répondu en levant une main pour lisser ses cheveux argentés. Je voulais juste te dire que Frances a été surprise en train de jeter un sort mortel sur un autre jardin. — Beatrice a pincé les lèvres et secoué la tête, clairement offensée.

— Vraiment ? ai-je demandé, sincèrement surprise de l'apprendre. Compte tenu de leur dernière rencontre, j'aurais cru que Frances avait plus de plomb dans la cervelle.

— Vraiment, a affirmé Beatrice d'un hochement de tête décidé. Une fois de plus, elle ne semble pas avoir de problème d'interférence avec ses sorts.

— C'est toi qui l'as surprise ?

— Pas cette fois. C'est Bets Baker, a-t-elle dit, en parlant de la mère de Zoe. Bets dirige sa propre petite entreprise de jardinage depuis des années. Son affaire marchait bien avant que Frances ne se mette en tête de capitaliser sur la tendance « de la ferme à la table ».

— Frances a essayé de tuer l'un des jardins de Bets ? — J'étais très choquée. C'était pour le moins négligent et imprudent. Bets était une sorcière puissante, et pas du genre à se laisser faire.

Un sourcil argenté s'est arqué tandis que Beatrice hochait la tête. — Absolument. Pas très malin de sa part. Bets est même allée en parler à Daniel au poste de police.

— Et qu'est-ce qu'il va faire ? Je veux dire, évidemment, c'est son gendre et il ferait n'importe quoi pour aider. Mais ce n'est pas comme s'il pouvait poursuivre quelqu'un pour avoir jeté un sort.

— Je ne pense pas que Bets veuille le poursuivre. Je pense qu'elle veut qu'il soit clair que ce n'est pas acceptable, alors elle lui a demandé d'aller parler à Frances. Sans compter que si ces choses continuent, Daniel aura peut-être de quoi l'inculper.

— Eh bien, ça promet d'être intéressant. Sait-on comment Frances a réagi quand Bets l'a confrontée ?

Beatrice a levé les yeux au ciel. — Oh oui. Elle prétend que Bets a mal interprété ce qu'elle a vu. Je me suis juste dit que tout le monde devait être au courant, pour qu'on puisse garder un œil sur Frances. Je dois rattraper mon groupe. À plus tard.

Sur ce, Beatrice a tourné les talons et s'est éloignée à toute vitesse alors que je lui disais au revoir. D'un pas plus mesuré, j'ai traversé la rue pour me rendre au Magic Beans. Après avoir pris mon café, je me suis dirigée vers le coin où Opal m'attendait déjà.

— Bonjour, ai-je dit en arrivant à la petite table ronde.

Elle a levé les yeux avec un sourire et a ajusté ses lunettes sur son nez. — Bonjour, ma chère. Je suis arrivée un peu en avance parce que Theo m'a déposée.

Theo était son mari. Ils étaient vraiment adorables ensemble, surtout si l'on considère qu'ils étaient mariés depuis une bonne quarantaine d'années et qu'ils s'adoraient toujours. Me glissant sur la chaise en face d'elle, je lui ai rendu son sourire.

Nous sommes restées assises en silence pendant quelques minutes, pendant que je prenais quelques gorgées de mon café et une bouchée du scone qu'Opal avait fait glisser sur la table pour moi.

— Nous n'avons pas eu d'incident orageux depuis plusieurs jours maintenant. Je ne peux qu'espérer que cela signifie que Viola a cessé ses bêtises, a commenté Opal.

— Alors, tu penses vraiment que c'était Viola ?

— J'en suis convaincue. Après ce dont vous avez toutes été témoins pendant le pire de l'orage en ville, je suis persuadée qu'elle est responsable de cette météo étrange. Et puis, il y a ce que ta mère a découvert.

— Ce n'est pas parce qu'elle a découvert que la mère de Viola venait d'une famille dotée de pouvoirs météorologiques que Viola possède le même pouvoir, ai-je rétorqué.

Quand Opal m'a foudroyée de son regard perçant, les lèvres pincées, j'ai haussé les épaules. — D'accord, c'est certainement une preuve solide. Mais au-delà de ça, dans quel but ?

— C'est de ça que je voulais te parler. J'ai demandé à Camille de faire quelques recherches sur les ventes immobilières, et elle a découvert que les Alden possèdent des terrains près du parc éolien et de l'ancienne compagnie d'électricité. Avant que leur entreprise ne s'étende jusqu'à Portland, la famille habitait dans le coin.

— On savait qu'ils avaient des parts dans les deux entreprises, mais j'ignorais pour les terrains. J'ai cassé un morceau de mon scone et l'ai mis dans ma bouche.

— Pas les parents de Viola, mais ses grands-parents. J'ai demandé à Camille de se pencher sur la question parce que j'étais curieuse de savoir pourquoi quelqu'un voudrait déclencher une tempête au-dessus du parc éolien. Ça a certainement endommagé une partie des constructions, mais sans plus.

— La logique voudrait qu'ils aient voulu saboter le projet de parc éolien, ai-je avancé.

— Exactement, mais ils ont des parts dans les deux. C'est un peu déroutant, si tu veux mon avis. Je suis sûre qu'ils ont gagné beaucoup d'argent au fil des ans grâce à des investissements passifs dans l'ancienne compagnie d'électricité.

J'ai réfléchi à cela en prenant une autre bouchée de mon

scone. — Je ne vois pas comment on va pouvoir élucider ça. Par contre, il y a une chose sur laquelle on peut agir, c'est le vol par le biais des commandes. Tu as décidé si tu voulais en parler à Daniel ?

Opal a soupiré. — Je devrais sans doute. Mais ça signifie contacter les autres entreprises. Je ne sais pas trop ce que je pense de l'idée de remuer tout ça.

— Je propose qu'on commence par Daniel et qu'on le laisse prendre le relais.

— Pourquoi ne viendrais-tu pas avec moi, alors ? Il faut qu'on décide quoi faire de nos commandes avec eux. La prochaine est prévue, et je suis sûre qu'ils espèrent qu'on va augmenter nos quantités. On a été tellement occupées qu'on l'a fait presque chaque année.

— Peux-tu trouver un autre fournisseur pour les produits de base au pied levé ?

Opal a pris une profonde inspiration et a secoué la tête. — Je ne sais pas. Je soupçonne que les parents de Viola n'ont aucune idée de ce qui se passe. Ça me fend le cœur rien que de penser qu'ils vont découvrir ce qu'elle fait.

— Je sais, ai-je dit avec une légère grimace.

— Allons parler à Daniel, a dit Opal fermement en se levant de table. Ça m'évitera de rester indécise.

Je me suis levée, mon café à la main, et je l'ai accompagnée jusqu'au poste de police de Charm Cove. La matinée de ce début de printemps était calme et paisible. Les oiseaux voletaient dans les arbres tandis que nous longions le parc municipal, leurs pépiements et leurs chants formant un subtil bruit de fond. Le soleil se levait, peignant l'horizon d'une douce lueur rose.

Le poste de police de Charm Cove se dressait à un coin de rue, dans un imposant bâtiment carré en granit. Bien qu'il fût très tôt, je ne doutais pas que Daniel serait là. Nous avons monté les marches et poussé la porte pour entrer dans la salle d'attente.

Anna Goodness, la réceptionniste et une sorcière d'une ancienne branche de la famille Good, a levé les yeux de son bureau. — Bonjour, Juliette et Opal. Qu'est-ce qui vous amène de si bon matin ?

Opal s'est arrêtée devant le bureau, lissant inconsciemment une mèche de ses cheveux déjà impeccables. — Bonjour, Anna. Toujours un plaisir de te voir. Comment vas-tu ce matin ?

— Je vais très bien, a répondu Anna avec un léger hochement de tête.

— Nous espérions pouvoir parler d'une affaire avec Daniel. Ce n'est rien d'urgent, alors s'il est occupé, nous pouvons attendre, a expliqué Opal.

Je pouvais voir les questions tourbillonner dans les yeux d'Anna. — Il est là. Laissez-moi juste l'appeler.

Anna a soulevé le combiné de son bureau et a appuyé sur un bouton. Après un instant, elle a dit : — Oui, Daniel, Opal et Juliette Good sont là et aimeraient te voir si tu as quelques minutes. Elle a hoché la tête à quelque chose qu'il a dit avant de reposer le combiné sur son socle. — Il arrive tout de suite. Elle a appuyé sur un bouton sur son bureau. — Vous pouvez aller dans le couloir. Je suis sûre qu'il sera là dans une seconde.

— Merci, Anna, ai-je dit, au moment même où Daniel ouvrait la porte à côté de nous.

— Bonjour, mesdames, a dit Daniel poliment, ses yeux marron se plissant aux coins de son sourire.

— Salut, Daniel, ai-je dit alors qu'il nous tenait la porte.

— Bonjour, Daniel, a répondu Opal tandis que nous passions devant lui pour entrer dans le couloir.

— Allons dans mon bureau, et vous pourrez me dire ce qui vous amène, a-t-il dit en nous faisant signe de le précéder dans le couloir.

Une fois dans son bureau et la porte refermée, Opal est allée droit au but. — On a un problème financier.

Daniel a contourné son bureau, s'est assis dans son fauteuil et a soulevé une tablette pour en déverrouiller l'écran tout en jetant un coup d'œil vers nous. — Un problème financier ? a-t-il demandé.

— Ce n'est rien d'énorme. C'est un distributeur qui nous vole en modifiant nos commandes. Nous soupçonnons que ça arrive à plusieurs de leurs clients. Je suppose que c'est une sorte de délit, non ? ai-je demandé.

— Bien sûr que c'en est un. Le vol, même mineur, peut vite faire une grosse somme, a répondu Daniel. Donnez-moi un peu plus d'informations.

Opal s'est lancée dans une explication, finissant par : — Nous pensons aussi que Viola a quelque chose à voir avec toutes ces étranges tempêtes.

Daniel a hoché la tête, ne paraissant pas surpris. — Zoe m'a fait part de ce soupçon. J'attendais de voir si quelqu'un allait me demander si je pouvais y faire quelque chose, parce que je ne peux pas. La météo n'est pas de ma juridiction, a-t-il dit d'un ton sec.

Opal a plissé les yeux. — Bien sûr que nous comprenons que la météo n'est pas de ta juridiction, Daniel. Mais si elle le fait exprès, est-ce que ça ne relèverait pas de la destruction de biens ou quelque chose du genre ?

Daniel s'est penché en arrière dans son fauteuil, passant une main dans ses cheveux bruns. — Je suppose que si. Mais il faudrait que quelqu'un dont les biens ont été réellement endommagés le signale. Pour autant que je sache, les seuls dégâts réels subis la semaine dernière pendant cette tempête ont eu lieu sur le chantier du parc éolien.

— J'imagine qu'il va falloir attendre de voir ce qui se passera d'autre, a dit Opal.

— Mais pour cette affaire, qui d'autre soupçonnez-vous d'avoir été touché ? a demandé Daniel.

Opal a rapidement résumé la liste des autres comptes. Bien que je n'aie pas encore eu le temps d'examiner tous les documents que Moira avait trouvés lors de son incursion dans leurs bureaux, j'ai été surprise de la rapidité avec laquelle Opal a débité la liste.

Jetant un coup d'œil dans sa direction quand elle a fait une pause, j'ai commenté : — Ouah, tu en sais peut-être plus qu'eux sur leurs propres entreprises.

Daniel a souri en secouant la tête.

Sans se démonter, Opal a haussé une épaule avec un haussement de menton élégant. — Évidemment. Je gère Beauté Ensorcelée depuis plus de trente ans maintenant. Je connais très bien toutes les autres entreprises qui pourraient se considérer comme nos concurrentes.

— Je ne savais pas que Beauté Ensorcelée avait des concurrents, avec toute la magie qui entre dans la composition de vos produits, a plaisanté Daniel.

— Je me tiens au courant de ce que font tous nos concurrents. On essaie tous de s'entraider, mais je ne suis pas dupe. Je sais bien que les gens aimeraient connaître le secret de notre réussite. Cela dit, je dois avouer que je pense que nos produits se vendraient très bien, avec ou sans magie. Je mets un point d'honneur à ce qu'ils soient parfaits, dit Opal en relevant fièrement le menton.

À cet instant, le téléphone de bureau de Daniel a sonné. — Je dois prendre cet appel. Excusez-moi un instant. Il a décroché, a échangé quelques mots avec une personne que je supposais être Anna Goodness, avant d'écarter le combiné de sa bouche pour s'adresser à nous. — C'est un signalement. Si ça ne vous dérange pas, je vais m'en occuper et je vous tiens au courant si je trouve quoi que ce soit d'intéressant. D'accord ?

Opal s'est levée en même temps que moi. — Bien sûr, on comprend. Ce n'est pas une question de vie ou de mort. Tiens-nous au courant, et nous ferons de même, dit-elle vivement.

J'ai fait un signe de la main à Daniel et j'ai articulé « Merci » en quittant le bureau. Une fois dehors, j'ai jeté un coup d'œil à Opal. — Je vais retrouver Moira. Elle m'a dit qu'elle avait du temps pour moi cet après-midi afin que je jette un œil aux informations comptables qu'elle a trouvées. J'aimerais faire quelques recoupements.

— Vas-y. Moi, je file à la boutique. Opal m'a déposé un baiser rapide sur la joue et s'est éloignée d'un pas vif en direction de *Beauty Bewitched*, tandis que je me dirigeais vers *Persnickety Potions & Gifts*.

CHAPITRE QUATORZE

Je suivais du doigt une ligne sur une feuille de calcul. Autant les ordinateurs étaient utiles pour la comptabilité, autant, lorsqu'il s'agissait de choses comme ça, j'avais besoin de l'expérience tactile de m'assurer que tout était bien aligné. Les copies papier m'étaient bien plus utiles.

— Je dois dire que tu as fait du bon travail ce jour-là, dis-je en jetant un coup d'œil à Moira.

Nous étions dans l'arrière-boutique de Persnickety Potions & Gifts. Elle était assise à une extrémité d'un large plan de travail, mesurant soigneusement des remèdes à base de plantes. J'étais assise à l'autre bout et j'examinais toutes les photos imprimées que Moira avait prises quand elle s'était transportée dans les bureaux des Alden à Portland.

Elle leva les yeux avec un sourire. — J'essaie d'être minutieuse. Sans compter que je pensais avoir plus de temps que d'habitude dans ce genre de situation. Je savais qu'ils étaient avec toi et que leurs bureaux étaient fermés. C'était pratique. Je suis allée directement là où tu me l'as suggéré, dans les classeurs, aux comptes clients.

— Pour autant que je puisse en juger, depuis que Viola a pris la relève, elle a progressivement détourné un peu plus d'argent, principalement auprès des petites entreprises familiales. Ils sont fournisseurs pour quelques plus grandes boîtes, et elle n'a pas touché à celles-là, expliquai-je.

En regardant les chiffres devant moi, je secouai lentement la tête en soupirant. — J'imagine qu'elle a fait ce choix parce qu'elle ne voulait pas attirer l'attention des plus grosses entreprises. Ce qui est tout simplement dégueulasse, parce que ça veut dire qu'elle cible les entreprises qui vont le plus sentir la différence sur leur chiffre d'affaires.

Moira finit de verser le liquide d'un remède aux herbes dans une bouteille décorative en verre bleu avant de lever à nouveau les yeux vers moi. Elle pinça les lèvres en secouant légèrement la tête. — Ce n'est *vraiment* pas cool. À ton avis, qu'est-ce qu'elle cherche ? demanda-t-elle en agitant légèrement les doigts, jetant un sort à la potion qui ferait croire à quiconque l'achèterait qu'elle était vraiment magique. Elle avait fait quelques tests et ne rencontrait pas de problème avec ses sorts ce matin. Une fois de plus, il semblait que ce qui causait périodiquement des problèmes de magie n'était pas un souci constant.

— Tu veux dire, à part l'argent ? répliquai-je.

Moira leva les yeux au ciel. — Oui, à part l'argent. Parce que d'après ce que tu me dis, ce n'est pas comme si elle se faisait tant d'argent que ça. Juste un petit peu à la fois.

— C'est vrai, mais c'est comme ça que les meilleurs voleurs procèdent, ou du moins, c'est ce que disent les articles de presse. Il y a eu cette femme employée dans une agence immobilière qui a détourné près d'un million de dollars sur vingt ans. Juste un petit peu à la fois. J'imagine qu'elle pensait être hors de danger.

Moira eut un petit rire. — Je ne ris pas du fait qu'elle l'ait fait, dit-elle vivement. Juste de la bêtise des gens. Je me souviens de cette histoire. Mais comme pour toi, quelqu'un a fini par remarquer ce qui se passait.

Je ressentis le besoin d'expliquer que l'ancien comptable d'Opal ne faisait pas du tout un mauvais travail. — Si ça avait commencé après que je sois là depuis quelques années, ça aurait très bien pu passer inaperçu pendant un certain temps. Une fois que tu fais confiance à quelqu'un, tu suis le système que tu as. S'ils trouvent un moyen de gratter par-ci par-là, tu ne vas pas forcément chercher. J'auditais tout pour avoir une idée de la manière la plus efficace de gérer les choses. Je n'auditais pas parce que je pensais qu'il y avait un problème. Mais pour en revenir à ce que je disais, c'est peut-être tout ce que Viola fait : juste espérer s'en tirer en prenant un peu à chaque fois. Je ne sais pas vraiment. Je vais devoir informer Daniel de ce que j'ai trouvé grâce à ça, finis-je en montrant les papiers étalés sur la table.

— Beaucoup de gens vont être furieux, commenta Moira en refermant une autre fiole de potion.

Le tonnerre gronda, juste assez pour que nous l'entendions de l'extérieur. Je posai mon crayon et me penchai en arrière pour jeter un coup d'œil par la fenêtre derrière moi. L'après-midi ensoleillé s'était transformé en un ciel gris et menaçant.

— Oh non, j'espère qu'elle ne remet pas ça. C'est quoi cette histoire de météo ? songeai-je. Je suis certainement plus curieuse à ce sujet que de l'argent, pas toi ?

— Ben, ouais. Mais qu'est-ce qu'elle cherche ? Et est-ce que c'est vraiment Viola ?

Je fronçai le nez et haussai un sourcil en regardant Moira. — Tu l'as vue aussi clairement que moi. Elle a jeté un sort ce jour-là dans la cave, et ça a affecté ce qui se passait dehors.

— Je sais, je sais, dit Moira avec un soupir.

Aussi vite qu'il avait commencé, le tonnerre s'estompa. Un instant plus tard, le soleil perça les nuages, projetant ses rayons en biais sur la table.

— Tu vas à la réunion municipale ? demanda Moira.

— Celle sur le projet de parc éolien et les dégâts ?

— Il y en a une autre dont je n'ai pas entendu parler ? lança Moira, impassible.

Je levai les yeux au ciel. — Je suppose que non. Bien sûr que j'y serai. Je croyais que la ville avait déjà voté en faveur du projet, alors je ne suis pas sûre de l'objet de la réunion.

— La ville a bien voté il y a trois ans. Apparemment, ils avaient budgétisé des subventions, mais la construction n'a commencé que cette année. Ils veulent organiser cette réunion à cause des dégâts de la tempête de la semaine dernière et pour discuter des ajustements budgétaires.

— Hmm, répondis-je, sans trop y penser. Donovan a l'intention d'y aller aussi parce que ce terrain éolien est adjacent à une partie de la propriété de sa famille. Je regardai les entreprises que j'avais listées lors de mon examen des documents. — Je vais demander à mes parents de jeter un œil à ça ce soir. Étant donné que mon père gère l'une des principales sociétés d'investissement du coin, je suis curieuse de savoir quelles autres informations il a sur ces entreprises. Peut-être qu'ils sauront quelque chose que nous ignorons.

— Autant demander, répondit Moira.

— On se voit demain soir alors, dis-je en me levant du tabouret où j'étais assise.

— Je te proposerais bien de te raccompagner, mais j'imagine que tu vas y aller avec Donovan, dit-elle avec un clin d'œil.

———

Mon père se pencha en arrière sur sa chaise, marquant une pause pour boire une gorgée de son whisky. — Ça tombait bien que tu m'aies demandé de jeter un œil à ça, commença-t-il.

— Ah oui ?

— Oui. Parce que j'ai tout de suite remarqué une constante.

Ma mère est revenue à table, une tarte aux myrtilles fraîchement sortie du four à la main. Elle l'a posée au centre de la table avec un pot de glace avant de distribuer des bols.

— Maman, j'aurais pu t'aider, ai-je dit en levant les yeux vers elle.

— J'ai deux mains, ma chérie.

Elle s'est immédiatement tournée vers mon père. — Bon, viens-en au fait. Tu ne m'as rien dit à ce sujet.

Mon père a souri tendrement en se penchant pour déposer un baiser sur sa joue. — C'est parce que je viens de le comprendre juste avant qu'on commence à dîner.

Ma mère a levé les yeux au ciel. — Toujours à essayer de te sortir d'affaire avec ton charme.

Mon père a gloussé. — Bref, pour en venir au fait, chacune des familles qui dirigent ces petites entreprises a des fonds d'investissement liés au parc éolien. Les Alden ont investi à la fois dans la compagnie d'électricité et dans le parc éolien. J'ai progressivement réduit nos investissements dans la compagnie d'électricité et les ai augmentés dans le projet éolien, car je pense que c'est un investissement plus tourné vers l'avenir.

— Compte tenu de nos soupçons concernant Viola, je pense que nous devons demander à Jacob de voir ce qu'il peut sentir avec ces orages, a commenté ma mère. Bien que sa capacité à sentir les sorts ait été quelque peu affectée, je lui ai demandé d'essayer de trouver une piste. Pour des raisons que nous ignorons, les Alden seront de retour en ville pour la réunion municipale de demain soir.

— Je sais, suis-je intervenue en commençant à couper la tarte. Opal m'a dit qu'ils avaient acheté une maison ici. J'ai tendu une part de tarte à ma mère.

— Merci, ma chérie, a-t-elle commenté. Je ne suis pas sûre que le fait d'acheter une maison ici signifie quoi que ce soit. Charm Cove est une destination très prisée.

— Une destination très prisée ? a taquiné mon père alors que je lui passais une part de tarte.

— Mon chéri, tu peux te moquer autant que tu veux. C'est un endroit magique, sans mauvais jeu de mots. J'espère que Jacob pourra au moins trouver une trace de la magie de Viola. De cette façon, s'il y a un autre orage, il pourra peut-être nous dire si c'est sa magie qui en est la cause, a dit ma mère.

— Remonter à la source d'un orage n'est pas une mince affaire, a dit mon père après avoir pris une bouchée.

Nous nous sommes passé la glace. — Quoi que Viola manigance, l'aspect financier est facile à résoudre. Je suis bien plus inquiète des problèmes d'interférence de sorts et de la météo, a commenté ma mère.

— N'est-ce pas notre cas à tous ? ai-je répondu avec un soupir.

CHAPITRE QUINZE

— Je crois que je ne vais rater aucune de ces réunions, commenta Donovan en me prenant la main tandis que nous marchions sur le trottoir en direction de la mairie de Charm Cove.

Je lui ai adressé un sourire. — Ça te plaît ?

— C'est du grand spectacle. Qui aurait cru que ça me plairait autant ? plaisanta-t-il.

Je l'ai poussé du coude. — Ne te moque pas. C'est important.

— Oh, je plaisante, mais je suis tout à fait d'accord. En fait, ça fait du bien d'être quelque part où j'ai l'impression que mon avis compte vraiment pour la ville.

Nous avons monté l'escalier en granit et poussé les larges portes pour entrer dans le bâtiment. Des voix nous parvenaient de la cage d'escalier. D'après le brouhaha, la salle de réunion à l'étage devait déjà être presque pleine.

— Tu as eu l'occasion d'aller voir le projet de parc éolien ? ai-je demandé alors que nous arrivions en haut de l'escalier pour entrer dans la grande salle de réunion.

Donovan a lâché ma main, faisant glisser la sienne le long de mon dos pour la poser sur ma taille pendant que nous traversions la pièce bondée. J'ai vu Moira jeter un coup d'œil par-dessus son épaule et nous faire un signe de la main en nous apercevant, désignant deux chaises libres à côté d'elle et de Liam.

— Oui, a-t-il dit à voix basse. Les dégâts ne sont pas catastrophiques, mais quelques éoliennes ont besoin d'être réparées. Je suis curieux d'entendre la discussion de ce soir. C'est une entreprise privée.

— C'est vrai, mais l'énergie est réglementée comme un service public, ai-je répondu.

— Exactement, c'est pour ça que les choses se compliquent dans ce genre de situation.

Nous avons atteint la rangée où Moira et Liam nous avaient gardé deux places. Je me suis glissée sur la chaise à côté de Moira, et Donovan s'est assis en bout de rangée, à côté de moi. Une fois le brouhaha initial de l'installation terminé, la réunion a commencé assez rapidement.

Beatrice Powers, en sa qualité de présidente du conseil municipal de Charm Cove, s'est placée devant la table qui s'étendait sur toute la longueur de la salle de réunion et a frappé dans ses mains. — Nous avons beaucoup de choses à voir ce soir, j'aimerais donc commencer sans plus tarder, si possible, a-t-elle lancé.

Bien que Beatrice soit menue, mince comme une liane et plutôt petite, elle dégageait une immense autorité. Étant donné qu'elle était l'une des sorcières les plus puissantes de Charm Cove, je supposais que c'était une bonne chose, ou simplement prévisible.

Beatrice a regardé Anna Goodness, qui transcrivait toutes les réunions municipales en plus de ses fonctions de réceptionniste au poste de police de Charm Cove. — Sommes-nous prêts à commencer ?

— Absolument, a répondu Anna avec un sourire.

Contournant la table, Beatrice s'est assise au centre et a regardé le secrétaire du conseil. Sans que Beatrice ait besoin de dire un mot, le secrétaire s'est levé et a passé en revue la liste des sujets à aborder ce soir. La réunion a rapidement commencé.

Après avoir résolu le litige concernant la taille d'une enseigne pour l'un des cafés saisonniers et examiné la demande de modification de zonage dans une zone à usage mixte, nous en sommes venus au sujet qui nous préoccupait.

— Bien, nous allons maintenant ouvrir la discussion concernant le parc éolien et les inquiétudes portées à l'attention du conseil sur la manière dont la ville peut se permettre de couvrir les réparations, a déclaré Beatrice.

Une main s'est immédiatement levée, et une femme d'âge mûr s'est redressée sur sa chaise. Je l'ai reconnue comme étant la propriétaire d'une petite auberge située dans le centre-ville de Charm Cove. Beatrice lui a fait signe. — Oui, Emily ?

— Je pense que beaucoup d'entre nous sont préoccupés par le fait que nous avons approuvé ce parc éolien et que la ville en est un investisseur majeur, mais qu'il n'est même pas encore en service et que nous devons déjà faire face à des réparations dues aux intempéries. À quelle fréquence cela va-t-il se produire et la ville est-elle responsable des coûts de réparation ?

Beatrice s'est tournée vers un homme aux cheveux argentés assis au bout de la table. — Nous avons fait venir l'un des ingénieurs du projet pour en discuter. Voulez-vous nous éclaircir sur ce point, John ?

— Certainement, a-t-il dit en inclinant légèrement la tête. Le consortium Windy Bay est bien conscient de ces préoccupations. J'aimerais commencer par souligner que les problèmes météorologiques sont également un problème pour tout autre type de centrale électrique. Les dommages potentiels ne se limitent pas au parc éolien. Cela dit, nous avons déjà effectué les réparations sur les éoliennes endommagées par la tempête de la semaine dernière, sans frais supplémentaires. Nous avions déjà prévu un financement pour les imprévus. Nous sommes toujours dans les temps pour être opérationnels d'ici huit semaines. Notre objectif est d'offrir une énergie durable à la côte du Maine à des prix plus abordables que ceux actuellement disponibles.

Quelques autres questions ont été posées à l'ingénieur sympathique, qui y a répondu avec assurance, sans paraître dédaigneux ni condescendant. Alors que le sujet touchait à sa fin, un homme que je ne connaissais que vaguement a levé la main. C'était un homme corpulent, aux joues rondes et vermeilles, et aux cheveux gris qui dépassaient en touffes sur le sommet de son crâne.

Quand Beatrice l'a interpellé, il s'est levé. — Je ne comprends tout simplement pas pourquoi la ville s'intéresse à soutenir ça alors qu'elle dispose déjà d'une source d'énergie parfaitement adéquate. Toutes ces histoires de changement climatique, c'est n'importe quoi.

Beatrice a pris sur elle de répondre à cette question. — Charm Cove, comme de nombreuses villes à travers l'Amérique, est aux prises avec les changements de notre climat et le coût de l'électricité. Nous essayons de trouver des moyens de faire des choix plus durables à long terme. Notre ville continuera à utiliser de l'énergie provenant de multiples sources. Cependant, c'est simplement de la planification intelligente que de soutenir des projets énergétiques qui causent moins de dommages à l'environnement.

L'homme a grommelé quelque chose en réponse tandis que je me penchais vers Moira. — Je suis sûre de le reconnaître. Et toi ?

Moira a hoché la tête. — Oui, mais impossible de me souvenir d'où.

— C'est le même homme que nous avons vu avec Viola au bar, a commenté Donovan par-dessus mon autre épaule.

— Oh ! C'est vrai, ai-je répondu. Tu as eu l'occasion de demander à tes parents qui il était ?

Donovan a hoché la tête. — Pas plus tard qu'hier, mais j'ai été telle-ment débordé que j'ai oublié de t'en parler. C'est bien l'homme que je pensais. Sa propriété jouxte celle de ma famille du côté le plus éloigné, celui le plus proche du parc éolien. Ce n'est pas la même limite de propriété, mais notre terrain contourne une partie de la zone où se trouve le parc.

— Il vit ici maintenant ? ai-je demandé alors que Moira se penchait pour écouter.

Donovan a haussé les épaules. — Il n'a jamais vécu ici à plein temps. Mon père a dit qu'il ne venait que l'été. Une chose est sûre, il n'a pas beaucoup changé.

— Beatrice a l'air de savoir qui il est, a murmuré Liam, se penchant lui aussi en avant pour regarder par-dessus Moira et se joindre à notre conversation.

— La plupart de ses questions n'avaient-elles pas déjà été abordées lors des précédentes réunions municipales ? ai-je songé à voix haute.

— Quand les gens ressassent les mêmes choses, c'est qu'ils essaient de semer la zizanie. S'il possède encore le terrain là-bas, je suppose qu'il pense qu'il sera affecté d'une manière ou d'une autre par le parc éolien.

Peut-être qu'il s'inquiète pour la valeur de sa propriété, ou quelque chose dans ce genre, a commenté Donovan.

La réunion s'est poursuivie. Après que quelques autres commentaires ont été faits et des questions posées sur le projet de parc éolien, Beatrice a clos la discussion. — Comme tout le monde le sait, le conseil a précédemment approuvé ce projet à la suite d'un référendum municipal en sa faveur. Les permis ont déjà été délivrés et le parc doit commencer sa production d'énergie dans un avenir proche. Le conseil entend et comprend les inquiétudes des résidents, mais nous sommes liés par le référendum antérieur et l'approbation du projet par le conseil.

Sur ce, elle est passée au dernier sujet de la soirée. — Nous avons une proposition du lycée de Charm Cove pour lancer une célébration du solstice d'été. Cela fait plus d'un siècle que la ville n'en a pas organisé, mais c'était autrefois un événement semestriel. Nous allons publier une annonce sur le site web de la ville pour que les gens puissent soumettre leurs propositions. Le solstice d'été coïncidant avec le pic de la saison touristique, ce sera un excellent moyen d'attirer plus de monde, en plus d'offrir des activités pour les enfants et les familles.

Alors que nous sortions, un murmure d'anticipation a parcouru la foule. S'il y avait une chose que les habitants de Charm Cove aimaient collectivement, c'étaient les événements municipaux. En ajouter un autre au calendrier annuel serait probablement l'une des rares choses sur lesquelles la plupart des résidents seraient d'accord.

Quand nous sommes sortis, le vent a soufflé si fort que le drapeau de la ville claquait sauvagement. De l'autre côté de la rue, où la voiture de Donovan était garée, j'ai remarqué Viola. Elle se tenait juste à côté de l'homme qui s'était montré si grincheux pendant la réunion au sujet du parc éolien.

— Eh bien, a dit Moira en me jetant un regard interrogateur, un sourcil arqué.

— Je me demande bien ce que ça signifie. Comment pourrait-elle le connaître ?

CHAPITRE SEIZE

— Oh, je peux te dire exactement comment Viola le connaît, a dit ma mère, les lèvres pincées, en s'interrompant pour prendre une cuillère et remuer le miel qu'elle venait de verser dans son thé.

Il faisait maintenant nuit dehors, le vent secouait les fenêtres et la pluie tombait sans discontinuer. Pour une fois, c'était une tempête de printemps plutôt classique. Ma mère et moi dégustions un thé avant d'aller nous coucher.

— Eh bien, je t'en prie, raconte, ai-je répondu.

— Les Alden ont bien acheté cette maison ici pendant l'hiver. L'hiver est la meilleure période pour acheter. Non seulement parce qu'il y a moins de monde qui cherche et que les prix sont plus bas, mais aussi parce qu'on se fait une meilleure idée de l'état d'une maison en hiver.

— Comment ça ? ai-je demandé, sincèrement curieuse, n'ayant jamais acheté ma propre maison.

— S'il y a un problème d'isolation, tu verras plus de stalactites de glace sur le toit et ce genre de choses. Un hiver froid rend difficile de masquer les problèmes. En été, les gens peuvent camoufler les choses plus facilement. Mais là n'est pas la question, a dit ma mère en s'arrêtant pour siroter son thé.

— Continue, ai-je fait en décrivant un cercle de la main.

— Ils ont acheté la maison à Harry Ouellette. C'est la propriété adjacente aux vergers Wick, donc Donovan a bien deviné en disant qu'il le connaissait depuis son enfance. Harry avait assez de terrain pour le subdiviser. Il possède quelques propriétés d'un côté du parc éolien. Il possède aussi une autre parcelle de l'autre côté de la ville, là où se trouve l'ancienne compagnie d'électricité. On peut dire qu'il a peut-être des raisons très personnelles de contester le projet éolien.

— Pourquoi n'a-t-il pas fait part de ses préoccupations lors du référendum et de la première série d'audiences ? ai-je demandé, très curieuse de le savoir.

— Il ne vit pas ici à plein temps. Personne dans sa famille n'est lié aux sorcières et sorciers de la ville. Mais dans les années 1950, ou à peu près, ses parents ont acheté cette propriété lorsqu'une ancienne compagnie forestière a vendu un tas de terres après un changement dans la réglementation sur l'exploitation forestière. Je crois que sa famille est en fait de la région de Portland. Quoi qu'il en soit, à l'époque où Donovan devait être plus jeune, il vivait ici pendant les étés, c'est donc probablement à ce moment-là que Donovan l'a vu. Cet homme n'a presque pas changé. Il a peut-être un peu pris de ventre et un peu grisonné, mais c'est à peu près tout. Par contre, je ne vois pas du tout quel pourrait être son rapport avec la météo.

Sunshine s'est agitée sur le sol dans son sommeil, laissant échapper un long soupir. Ma mère s'est penchée pour lui caresser le dos, là où elle faisait la sieste à nos pieds.

— J'ai l'impression que rien n'a de sens, ai-je dit.

Ma mère a souri doucement. — Ma chérie, la vie semble souvent ne pas avoir de sens. Ne t'inquiète pas trop. Les choses finissent généralement par s'arranger. Jacob a quelques idées sur la façon de gérer les interférences météorologiques pour remonter la trace des sorts. D'après l'histoire de la famille Alden, il est tout à fait possible que ce soit eux.

— Même si Jacob peut remonter la trace des sorts, qu'est-ce que ça va nous apprendre ?

— Ma chérie, sois patiente. Il ne s'est rien passé de vraiment horrible. Cette tempête a endommagé quelques éoliennes qui ont déjà été réparées, et c'est à peu près tout. Le plus gros problème que nous ayons, c'est le vol que tu as découvert dans les comptes de Beauté Ensorcelée. Daniel va s'en occuper. Ce sera certainement gênant quand les parents de Viola découvriront ce qu'elle a manigancé, mais c'est pour le mieux que tout cela finisse par se savoir.

Quand la queue de Sunshine a cogné contre le sol, je me suis penchée pour vérifier. Elle dormait à poings fermés, remuant la queue en rêve.

— Alors, vous vous partagez cette adorable petite ? a demandé ma mère.

Mes joues se sont échauffées tandis que je me redressais et la regardais par-dessus la table. — Je suppose que oui. Pour l'instant, je suis contente qu'elle puisse rester ici, car il a tellement de projets en cours chez lui.

— Bien sûr qu'elle peut rester ici. J'attends juste que vous deux passiez à l'étape supérieure, a ajouté ma mère avec un sourire malicieux.

— Nous sortons officiellement ensemble, si c'est ce que tu veux dire, ai-je dit en levant les yeux au ciel.

— Oh, passer quelques nuits par semaine chez lui, c'est certainement officiel pour vous, les couples modernes, mais moi, j'aimerais voir une bague à ton doigt et des projets de mariage, a lancé ma mère d'un ton badin.

J'ai ri doucement en secouant la tête. — Maman, je pensais que tout le remue-ménage autour du mariage de Liam et Moira t'aurait suffi en matière d'organisation de mariage.

— Je ne serai pas satisfaite tant que tous mes enfants ne seront pas casés et heureux. Ensuite, on pourra s'inquiéter des petits-enfants, a-t-elle dit avec un clin d'œil.

CHAPITRE DIX-SEPT

— Je ne suis pas sûre de la meilleure façon d'aborder la situation, ai-je dit en regardant Opal de l'autre côté de la table.

Nous nous étions donné rendez-vous au Magic Beans pour un café avant qu'elle n'ouvre La Belle Ensorcelée et que je ne file à mon bureau pour me plonger dans les chiffres.

Opal a siroté son café avant de répondre. — Je trouve qu'il vaut mieux être directe. C'est délicat, vu notre longue relation professionnelle avec les Alden, mais nous avons des preuves irréfutables de ce que Viola a fait. Avec le soutien de Daniel, elle n'aura pas d'autre choix que de passer aux aveux.

J'étais tout à fait pour la franchise, mais je n'avais pas vraiment l'habitude de confronter les gens pour une histoire de vol. J'ai cassé un morceau de mon scone à la framboise et l'ai mis dans ma bouche en hochant la tête. — Je te suivrai, ai-je répondu après avoir fini de mâcher.

— J'aimerais que tu sois là parce que c'est toi qui as tous les détails des comptes. Même si je comprends les grandes lignes, je serai la première à admettre que je ne suis pas comptable et que ça ne m'intéresse pas de me familiariser avec les moindres détails. Tu m'as montré ce que tu as trouvé et tu me l'as expliqué. Daniel m'a confirmé hier après-midi qu'il avait parlé à plusieurs autres entreprises qui ont vérifié le même problème après son enquête. Nous avons un dossier solide. Honnêtement, je ne cours même pas après l'argent. Je pense que Viola doit rendre des comptes, et la famille doit décider ce qu'elle veut faire du fait qu'elle dirige l'entreprise. Opal a secoué lentement la tête. — Je compatis vraiment. Cette entreprise est dans leur famille depuis des décennies. Bien que Viola ne l'ait pas encore ruinée, elle prend des décisions qui n'en valent pas le risque.

Comme par un fait exprès, la porte du café s'est ouverte et Viola est entrée, ses parents juste derrière elle.

Jetant un coup d'œil à Opal tandis qu'ils faisaient la queue au comptoir, j'ai demandé : — On a rendez-vous avec eux ici ?

— Oh, non. Nous nous retrouverons dans ton bureau. D'ailleurs, je vais aller à la boutique. Lea me remplace pour quelques heures ce matin, mais je veux m'assurer que tout est en ordre pour elle. Je vais les saluer et je te rejoindrai à ton bureau d'ici une heure. Ça te va ?

— Il faudra bien. Je ne sais pas si j'ai hâte d'être à cette réunion, mais je suis certainement prête.

Opal m'a fait une bise sur la joue en se levant de table. — À tout à l'heure.

Je l'ai regardée partir. Elle s'est arrêtée pour saluer la famille Alden, serrant familièrement le coude de la mère et offrant un sourire amical au père. En revanche, son regard était un peu plus glacial quand il s'est posé sur Viola. Néanmoins, elle a gardé un sourire poli sur son visage.

Après avoir terminé mon café, je leur ai fait un petit signe de la main en sortant. Une fois sur le trottoir, j'ai inspiré une grande bouffée d'air frais de ce matin de printemps. Les fleurs commençaient à éclore dans les jardins à chaque coin de la place du village. J'ai souri pour moi-même, en pensant que Donovan ne tarderait pas à déposer Sunshine à mon bureau. Il avait pris l'habitude de l'emmener faire une longue promenade sur la plage tous les matins.

Mon esprit est revenu sur le commentaire de ma mère la veille. Bien que je m'attachais de plus en plus à Donovan, j'appréciais en fait l'idée de prendre mon temps. Je ne voulais pas précipiter les choses pour faire plaisir aux autres. Je priais pour que ma mère ne fasse pas de moi son prochain petit projet de mariage. Je pensais que ça ne pouvait pas être pire après le mariage prédestiné de Liam et Moira. Cependant, cela s'était concrétisé, et ils étaient on ne peut plus heureux.

J'aurais dû m'attendre à ce que ma mère reporte ses espoirs sur moi. Cependant, j'avais d'autres frères et sœurs sur qui elle pouvait se concentrer. J'ai réfléchi en silence à la manière de détourner son attention de moi.

En quelques minutes, j'ai atteint l'immeuble de bureaux de ma famille. Ma mère restait occupée avec sa généalogie, mais elle avait un bureau ici pour aider mon père sur divers sujets. Elle adorait organiser. J'avais l'habitude de la taquiner en lui disant qu'elle aurait dû être secrétaire dans une autre vie, ce qui la poussait immanquablement à me rappeler que la plupart des hommes n'auraient rien accompli sans le soutien des femmes dans leur vie.

Nos bureaux se trouvaient dans un bâtiment de forme rectangulaire. Autrefois, c'était une pension de famille. En tant que tel, il possédait deux longues galeries sur les deux niveaux. Les anciennes chambres avaient toutes été rénovées en bureaux. Le bâtiment était méticuleusement entretenu avec des boiseries blanc vif et un revêtement gris. En entrant dans les bureaux, mes pas ont résonné sur le parquet tandis que je traversais le hall d'entrée pour me diriger vers mon bureau.

— Bonjour, Juliette, a lancé la voix de mon père.

J'ai reculé de quelques pas et j'ai passé la tête par la porte de son bureau. — Bonjour, Papa. Je ne m'attendais pas à te voir si tôt.

— La réunion que j'avais avec cet agent immobilier a été annulée. Il est à Augusta pour une audience politique sur des changements de zonage. Ta mère m'a dit que les Alden viennent te voir plus tard ce matin.

M'appuyant contre le cadre de la porte, j'ai hoché la tête. — Oh oui. Opal est assez confiante. Je suis un peu inquiète, ne serait-ce que parce que nous n'avons aucune idée de la façon dont ils vont réagir.

Mon père a incliné la tête. — À ce propos, j'ai des nouvelles de Jacob qui datent d'il y a quelques minutes à peine. Une petite trombe marine a été signalée près d'une des jetées près du phare de Beacon's Charm, plus tôt ce matin. Jacob a pu arriver à temps pour retracer un sort. C'est certainement un membre de la famille Alden. Ça, nous en sommes sûrs.

— Vraiment ? Comment a-t-il réussi ce coup-là ?

Mon père a esquissé un de ses rares sourires. — Jacob a plus d'un tour dans son sac. En fait, il a eu un petit coup de main de Beatrice Powers. Ses sorts de blocage peuvent presque servir de pause pour les autres sortilèges. Elle a suffisamment de contrôle pour maintenir un sort en place et ralentir sa dissipation. Quand Jacob est arrivé, elle a bloqué la trombe marine assez longtemps pour lui donner le temps nécessaire pour identifier les traces du lancement du sort. Si tu ne le savais pas, sa magie l'oblige à ignorer pour ainsi dire le reste du sortilège pour se concentrer uniquement sur la source, ce qui est un peu délicat. Le lancement en lui-même n'est pas le résultat final, il doit donc vraiment se focaliser sur la source.

— Je ne savais pas, mais en même temps, comment le saurais-je ? Ce n'est pas mon pouvoir.

Mon père m'a fait un clin d'œil. — On a toujours à apprendre.

— Je ne pense pas que ce soit une bonne idée de les confronter à ce sujet ce matin, qu'en penses-tu ? ai-je demandé.

— Je dirais que non. Ce sera déjà assez explosif d'aborder les problèmes de comptabilité.

— J'imagine à quel point ça pourrait mal tourner. J'espère juste que tout se passera pour le mieux, ai-je répondu, juste au moment où le téléphone de mon père s'est mis à sonner.

— Je prends l'appel. Bonne chance avec ça, a-t-il proposé en décrochant le combiné de son socle.

———

J'ai eu juste le temps de finir la tasse de café que j'avais apportée et de répondre à quelques e-mails avant d'imprimer les données comptables associées aux comptes Alden. Daniel m'avait envoyé les informations des autres entreprises. Nous n'avions pas l'intention d'en parler, bien qu'il ait prévu de les rencontrer plus tard dans la journée pour discuter de ce que les autres entreprises comptaient faire face à la situation.

En entendant frapper doucement à ma porte, j'ai levé les yeux et j'ai vu Opal dans l'embrasure. Elle était en pleine tenue professionnelle, avec son habituel chemisier blanc et son pantalon noir. Elle portait une paire de lunettes bleu marine et m'a adressé un grand sourire quand j'ai levé les yeux. — Es-tu prête ? m'a-t-elle demandé alors que je lui faisais signe d'entrer dans mon bureau et que je me levais pour contourner mon bureau.

— Aussi prête que je ne le serai jamais, ai-je répondu en soulevant le dossier en carton où j'avais organisé tous les documents. — Je me dis qu'on peut se réunir ici. J'ai désigné la table ronde dans le coin de mon bureau. Jetant un coup d'œil à l'horloge au-dessus de ma porte, j'ai noté mentalement qu'il nous restait environ cinq minutes avant l'arrivée prévue des Alden.

— Tu penses qu'ils se doutent de quelque chose ? ai-je demandé alors que nous nous asseyions à la table.

Opal a accroché son sac à main au dossier de sa chaise avant de se pencher en arrière, de croiser les jambes et de joindre ses mains sur ses genoux. — C'est peu probable. Je compatis, vraiment. Ce sont des gens très gentils. Ils ont bien géré leur entreprise et n'ont jamais cherché à s'agrandir. Une fois que Viola a pris la relève l'année dernière, elle s'est concentrée sur l'expansion. Au fond de moi, je ne pouvais m'empêcher de me demander ce qu'ils en pensaient.

— Oh, avant que j'oublie. Mon père m'a dit ce matin, en venant, que Jacob et Beatrice avaient réussi à tracer un sort lié à une trombe d'eau près d'une des jetées, près du phare. Tu en as entendu parler ?

Les sourcils d'Opal se sont haussés. — Lea et ta mère m'ont appelée, mais j'ai été trop occupée pour les rappeler. Que s'est-il passé ?

— Apparemment, avec l'aide de Beatrice pour un blocage stratégique du sort, il a pu se concentrer sur le lancement et le remonter jusqu'à un membre de la famille Alden. Comme par hasard, il y a eu moins de problèmes avec les sortilèges ces derniers temps, ce qui a facilité le travail de Jacob et Beatrice.

Opal a pincé les lèvres et a secoué lentement la tête. — Eh bien, ce n'est pas vraiment une surprise. Cela dit, j'espérais que nous nous étions trompées sur Viola. Je serais d'avis de les confronter tous les trois à ce sujet ce matin.

— Je ne pense pas qu'on devrait aborder ça pour le moment, ai-je dit précipitamment. — Une chose à la fois. Ce sera déjà bien assez de les confronter au sujet de l'argent. Nous n'avons toujours aucune idée du mobile.

L'interphone de mon téléphone de bureau a sonné. Je me suis levée rapidement et j'ai appuyé sur le bouton du haut-parleur. — Oui, Darlene ? ai-je demandé. Notre compétente réceptionniste gérait à peu près tout pour nous. Je me sentais chanceuse de pouvoir compter sur son aide chaque jour.

— Les Alden sont là pour leur réunion, a-t-elle répondu.

— Merci, Darlene. Vous pouvez les faire entrer.

— D'accord, je vous les envoie.

Elle a raccroché et je me suis dirigée vers la porte, jetant un œil dans le couloir. Un instant plus tard, j'ai entendu la voix de Darlene et je l'ai vue leur faire signe de passer la porte tout en m'adressant un rapide sourire.

— C'est un plaisir de vous voir, ai-je dit en reculant alors qu'ils arrivaient à mon bureau. — Je vous en prie, entrez et asseyez-vous.

Opal s'est levée de la table. — Bonjour, mes chers, a-t-elle dit. Elle a embrassé madame Alden sur la joue et a serré la main de monsieur Alden. Viola a eu droit à un sourire poli et à un signe de tête.

— Allez-y, asseyez-vous, ai-je dit. — Puis-je vous offrir un café ou un thé ?

— Je prendrai un thé, a dit madame Alden.

Viola voulait seulement de l'eau avec du citron. Heureusement, Darlene avait anticipé et s'était assurée que nous avions du citron frais en tranches, car elle s'y attendait. Opal avait présenté cette invitation à une réunion comme une occasion d'examiner les produits, de discuter des changements à venir et de ses besoins en matière de commande pour Beauty Bewitched en vue de la saison estivale chargée qui approchait.

Bien que nous ayons discuté de ses plans, je suppose que je n'étais pas tout à fait prête à la voir aborder le sujet litigieux aussi rapidement. Une fois que tout le monde fut assis avec sa boisson, Opal s'est lancée. — Je suis heureuse que nous puissions nous réunir tous ensemble. Je tiens à dire que je suis consciente que cette conversation pourrait devenir un peu inconfortable.

Madame Alden a penché la tête sur le côté, l'air légèrement inquiète. — Opal, nous travaillons avec votre famille depuis trente ans maintenant, depuis l'époque où mes parents ont lancé l'entreprise de distribution. Je ne peux même pas imaginer ce qui pourrait être inconfortable à discuter. Nous vous considérons comme de la famille. Nous sommes ravis de pouvoir enfin prendre notre retraite ici. Charm Cove est l'un de nos endroits préférés, et maintenant nous pouvons y vivre.

Opal a incliné la tête, tendant la main pour presser doucement celle de madame Alden. — Je ressens la même chose, et c'est en partie pourquoi c'est si délicat. Je vais aller droit au but. Comme vous le savez, a-t-elle commencé en me désignant, — Juliette a repris la comptabilité de toutes les entreprises associées à la famille Good cette année. Notre comptable de longue date était plus que prêt à prendre sa retraite, et nous étions heureux que Juliette prenne la relève.

— Dans le cadre de ses fonctions, elle a pris le temps de réaliser un audit approfondi des comptes des deux dernières années, de se familiariser avec nos procédures, et ainsi de suite. Au cours de cet audit, elle a remarqué des anomalies dans les chiffres de votre entreprise. Je vous assure que nous nous sommes bien renseignées et que nous pouvons tout vérifier. Mais, nous avons constaté qu'il y a eu... Elle s'est interrompue, secouant la tête, semblant un peu incertaine des mots à employer. — Eh bien, il n'y a pas d'autre mot pour le dire. C'est du vol. Et cela commence à représenter une somme conséquente pour notre entreprise. En raison de notre relation de longue date...

Mme Alden a plaqué la main sur sa poitrine et a eu un hoquet bruyant. — Comment osez-vous ? Nous ne volerions *jamais*, je dis bien *jamais*, d'argent à votre entreprise, ni à qui que ce soit d'autre, d'ailleurs.

M. Alden semblait un peu moins surpris. Son regard s'est tourné vers Viola, ses yeux se plissant avec une pointe de soupçon.

Quand Mme Alden a regardé son mari, il a dit : — Laisse Opal finir. J'aimerais pouvoir dire que je suis choqué, mais j'avais moi-même des doutes.

Ses mots étaient mesurés, mais fermes. Quand j'ai risqué un coup d'œil vers Viola, deux taches rouges marquaient le haut de ses joues et ses yeux s'étaient plissés. Ses lèvres étaient encore plus pincées que d'habitude, ce qui n'était pas peu dire. Pourtant, elle est restée silencieuse.

Mme Alden s'est de nouveau tournée vers Opal. — Très bien, alors. Expliquez-vous, s'il vous plaît, a-t-elle dit sèchement.

— Voici le fond du problème. Nous passons et payons nos commandes, mais vous les avez expédiées avec un bordereau de livraison modifié qui ne reflète pas ce pour quoi nous avons réellement payé. En raison de la confiance que nous vous accordions, notre ancien comptable n'a pas remarqué cela. Cette pratique a commencé il y a environ deux ans. Opal s'est tournée vers Viola. — Je suppose que c'est votre œuvre. Avant que vous ne preniez cet air suffisant en pensant pouvoir le nier, sachez que nous sommes également au courant que vous avez fait ça à d'autres petites entreprises. Je ne m'attends pas à ce que vous me l'admettiez, mais je suppose que vous avez choisi de procéder ainsi parce que vous pensiez que les petites entreprises étaient plus susceptibles d'avoir une comptabilité moins sophistiquée et que des choses pourraient passer inaperçues. Ce qui est exactement notre cas. Juliette a maintenant tout informatisé. Nous avons attendu un peu avant de vous confronter à ce sujet, car nous l'avons aussi signalé à la police.

J'ai finalement regardé Viola de nouveau. Ses narines se sont dilatées et son teint est devenu encore plus pâle, faisant ressortir les taches rouges.

Les yeux de Mme Alden se sont agrandis de façon comique tandis qu'elle plaquait de nouveau la main sur sa poitrine. — Je n'arrive pas à croire que vous n'ayez pas essayé de nous en parler d'abord !

— Je ne voulais tirer aucune conclusion hâtive. Évidemment, je fais confiance à ma nièce et je savais qu'elle disait la vérité sur ce qu'elle avait trouvé. Cependant, je voulais voir s'il s'agissait simplement d'une erreur quelconque. Ce n'est pas le cas. Nous n'avons pas encore décidé si nous allons porter plainte. Mais ce qui est certain, c'est que nous n'allons pas continuer à faire affaire avec vous pour la prochaine saison d'achats.

Nous leur achetions des produits de base pour beaucoup de nos lotions et autres produits. Je savais que Beauté Ensorcelée était un gros client pour eux, même si nous étions une petite entreprise. Notre entreprise était peut-être familiale, mais nous représentions un compte important vu le volume de nos ventes.

— Je ne suis toujours pas certaine de pouvoir croire cela, a lancé sèchement Mme Alden.

M. Alden a jeté un regard sombre à leur fille. — C'est ce que je craignais quand tu as décidé de te développer. Nous ne sommes pas une grande entreprise, et tu dois bien traiter nos clients de longue date. Je n'avais rien de confirmé, mais mon instinct me disait que quelque chose clochait. Je voulais te faire confiance, alors je l'ai fait. De toute évidence, tu n'es pas à la hauteur de ce poste.

Viola s'est levée, a attrapé son sac à main et a lancé un regard furieux à nous quatre. — Il n'en est pas question. Vous n'allez pas en faire toute une histoire. Il ne s'agit pas d'une grosse somme, a-t-elle dit en sortant en trombe.

Je me suis levée, suivant rapidement Viola dans le couloir. Elle se déplaçait vite et avait déjà franchi la porte d'entrée et atteint le long porche qui s'étendait sur toute la longueur du bâtiment de bureaux avant que je ne la rattrape. C'est à ce moment-là que je l'ai vue jeter un sort en un vif mouvement de ses doigts vers le ciel.

CHAPITRE DIX-HUIT

— Qu'est-ce que vous faites ? ai-je lancé.

— Vous ne savez pas dans quoi vous vous immiscez. Vous auriez dû laisser les choses tranquilles, me répondit Viola, qui semblait au bord des larmes.

Un vent vif s'est levé brusquement dans la rue et le tonnerre a grondé au loin, tandis que des nuages se formaient rapidement dans le ciel, obscurcissant le soleil printanier.

— Viola, ai-je supplié. Nous savons que c'est aussi vous qui lancez ces sorts météorologiques. Qu'est-ce qui se passe ? Vous allez finir par blesser quelqu'un si vous continuez comme ça.

L'orage s'intensifiait déjà rapidement. De grosses gouttes de pluie tombaient du ciel et le vent vrombissait, si fort que j'avais du mal à entendre.

— Ça n'a plus vraiment d'importance, a crié Viola par-dessus le vent. Sur ce, elle a fait demi-tour et a descendu le porche en courant.

Quand j'ai regardé derrière moi, Opal et les Alden avaient atteint le seuil. Ils observaient la scène alors qu'un éclair zébrait le ciel et qu'une autre rafale de vent me décoiffait.

M. Alden, qui avait été si calme pendant la réunion concernant les problèmes d'argent et la trahison de Viola, semblait abasourdi. — C'est elle qui provoque tous ces phénomènes météorologiques étranges ? a-t-il murmuré, presque pour lui-même.

Je suis rentrée et j'ai claqué la porte derrière moi alors que le vent hurlait dehors, faisant trembler les fenêtres du bâtiment.

Mon père a répondu à la question de M. Alden en arrivant du fond du couloir. — Eh bien oui, Frank, c'est elle. Nous venons de le confirmer ce matin. Comme vous le savez sûrement, retrouver la trace de sorts liés aux orages n'est pas une mince affaire, mais Jacob y est parvenu.

Mme Alden s'est promptement évanouie. Darlene s'est précipitée de derrière son bureau et s'est arrêtée à côté d'elle, lançant un sort rapide. Avec l'aide de M. Alden et de mon père, ils ont réussi à installer Mme Alden sur un petit canapé dans la salle d'attente. Opal a lancé un sort pour la faire revenir à elle, mais elle avait toujours l'air très choquée.

— Mais qu'est-ce qui se passe, Frank ? dit-elle d'une voix fluette et chevrotante.

Darlene s'est empressée d'apporter une tasse de tisane à la menthe poivrée. — Tenez, buvez un peu de ceci. La menthe poivrée vous aidera à vous éclaircir les idées. Il y a aussi une touche de miel dedans.

Les mains de Mme Alden tremblaient, mais avec l'aide de Darlene, elle a tenu la tasse et a bu plusieurs gorgées.

M. Alden s'est assis sur le canapé à côté de sa femme, tandis que Darlene a approché une chaise. Je me suis assise avec Opal et mon père sur des chaises qui longeaient le mur juste à côté du canapé.

Quand Mme Alden a été un peu plus calme, M. Alden a finalement répondu à sa question. — Ma chérie, je ne sais pas pourquoi Viola fait ces choses, mais quelque chose ne va pas. Je l'ai senti il y a plusieurs mois. Nous lui avions dit que nous ne nous en mêlerions pas et que nous la laisserions prendre ses marques dans la gestion de l'entreprise. J'ai essayé de tenir parole et je n'ai pas vérifié les comptes, mais je savais que quelque chose clochait. M. Alden a promené son regard entre Opal, mon père et moi. Je n'avais aucune idée que Viola avait quelque chose à voir avec ces étranges épisodes météorologiques.

Le regard de mon père était pensif alors qu'il observait par les fenêtres. On pouvait voir le vent qui fouettait le drapeau décoratif orné d'une fleur devant la boutique d'en face, et entendre les gouttes de pluie frapper les vitres aussi fort que des cailloux.

Quand il a de nouveau tourné son regard vers nous, il a demandé : — Vous saviez donc que Viola a des pouvoirs météorologiques et électriques ?

Mme Alden avait toujours l'air très angoissée, mais elle semblait gérer la situation en restant silencieuse et en sirotant sa tisane à la menthe. Darlene lui tenait l'une de ses mains.

M. Alden a répondu : — Eh bien, nous savons qu'elle a des pouvoirs météorologiques. Je ne peux pas dire que nous savions qu'elle avait des pouvoirs électriques.

Mon père a secoué la tête, presque pour lui-même. — J'aurais dû le préciser. Une partie du pouvoir météorologique inclut une certaine maîtrise de l'électricité. C'est un pouvoir trop immense pour qu'il en soit autrement.

Mme Alden est intervenue : — C'est vrai. C'est de famille, des deux côtés, mais c'est sporadique. Le pouvoir météorologique, je veux dire. Et moi qui pensais que ces orages étaient juste le changement climatique. Son moment de calme est vite passé quand le tonnerre a grondé bruyamment et a de nouveau fait trembler les fenêtres. Un pli s'est formé entre ses sourcils et elle a regardé son mari. Pourquoi Viola ferait-elle ça ? Pourquoi ne m'as-tu pas dit que tu craignais que quelque chose n'aille pas ?

M. Alden a passé un bras autour de ses épaules. — Parce que je n'avais rien de plus qu'un pressentiment. Je ne savais pas que ça avait un rapport avec les comptes et qu'elle finirait par cibler certains de nos plus anciens partenaires commerciaux. Je sentais juste qu'elle manigançait quelque chose. C'est tout.

— Pouvez-vous imaginer une raison qui la pousserait à avoir besoin d'argent supplémentaire ? Et pourquoi elle voudrait faire ça avec la météo ? ai-je demandé, en désignant les fenêtres alors que la pluie ruisselait en nappes sur les vitres.

— Honnêtement, je ne sais pas, a dit M. Alden en secouant lentement la tête. Je sais que son grand objectif était de développer notre entreprise. Elle disait qu'elle avait l'impression que nous nous étions bridés parce que nous n'avions pas vu assez grand. C'est une fille qui a toujours été très ambitieuse, et c'est une bonne qualité à bien des égards.

— Oh, absolument, a dit Opal. Je me demande si elle ne s'est pas trop éparpillée d'une manière ou d'une autre, et qu'elle avait besoin de l'argent.

— Mais rien de tout ça n'explique la situation météorologique, suis-je intervenue. Il y a aussi les problèmes d'interférence avec les sorts.

Un autre coup de tonnerre a retenti et un éclair a illuminé le ciel. Je n'ai même pas entendu les bruits de pas sur le porche quand la porte s'est ouverte à la volée. Le vent s'y est engouffré et l'a projetée contre le mur.

Donovan est arrivé en courant, avec Liam et Moira sur ses talons. Liam a vite refermé la porte. Ils étaient tous les trois trempés jusqu'aux os, et de l'eau s'égouttait sur le sol.

Ma mère a surgi du couloir du fond. — Je vais chercher des serviettes, a-t-elle lancé.

Mon père a levé les yeux, calme comme toujours. — Alice, quand est-ce que tu es arrivée ?

Elle a montré ses cheveux humides. — À l'instant. Je suis entrée par-derrière et j'ai pris une serviette pour me sécher, a-t-elle expliqué. Elle a disparu et est revenue rapidement, une pile de serviettes dans les bras.

Pendant que Donovan, Liam et Moira se séchaient, Mme Alden s'est mise à pleurer.

— Je ne comprends tout simplement pas pourquoi elle a fait ça, a-t-elle dit pour la dixième fois de la minute.

Darlene est allée lui chercher une infusion à la menthe poivrée fraîche. Il ne m'a pas échappé que ma mère jetait un sort discret sur l'infusion au moment où Darlene repassait près d'elle. J'ai imaginé que c'était pour apaiser Mme Alden.

— Qu'est-ce qui vous amène tous les trois ici ? a demandé ma mère une fois que nous nous sommes tous rassis.

Donovan m'a jeté un regard. — Je savais que tu avais cette réunion ce matin. J'étais en ville pour aller chercher des choses chez Hardware Charm quand l'orage a éclaté presque sans crier gare. Je craignais que Viola ne se soit fâchée pendant la réunion. Ils m'ont rattrapé au moment où je traversais la rue là où j'étais garé, a-t-il expliqué en faisant un geste vers Liam et Moira.

— Persnickety Potions & Gifts n'ouvre que dans une heure, alors on s'est dit qu'on allait venir ici voir ce qui se passait quand l'orage a commencé, a dit Moira.

Liam a haussé les épaules. — Et moi, j'arrivais juste au travail. Étant donné qu'il avait un bureau dans ce même bâtiment, c'était, bien sûr, parfaitement logique.

— Tu sais où Viola est allée ? a demandé Opal en me regardant.

— Je n'en ai aucune idée. Elle est partie en courant en direction de Wicked Way. C'est tout ce que j'ai vu.

Toutes les têtes se sont tournées vers M. et Mme Alden, assis sur le canapé. — C'est par là que vous êtes garés ? a demandé Opal.

— Nous ne sommes pas venus ensemble. Viola est partie plus tôt ce matin. Elle a dit qu'elle avait quelques courses à faire, a expliqué Mme Alden. Mais je crois bien qu'elle était garée dans cette direction.

Une idée m'a traversé l'esprit. — Pendant qu'on est là à se poser des questions... J'ai marqué une pause alors qu'un autre coup de tonnerre et un éclair éclataient juste devant le bâtiment. Le tonnerre a de nouveau grondé bruyamment, et j'ai continué : — Savez-vous comment Viola connaît l'homme qui vous a vendu la maison ici, à Charm Cove ?

— Oh, vous voulez dire Harry ? Nous venons de lui acheter notre maison, a dit lentement Mme Alden.

— Oui, ai-je répondu.

— Eh bien, c'est comme ça qu'elle le connaît, a-t-elle dit, comme si cela expliquait tout.

— Ce n'est pas comme ça que Viola l'a rencontré, a ajouté M. Alden. C'est elle qui nous a parlé de la maison parce qu'elle le connaissait.

Donovan est intervenu. — En parlant de lui, j'ai eu l'occasion de discuter avec mes parents. C'est l'un des principaux investisseurs dans le parc éolien, et son fils est l'un des principaux signataires du projet. D'après mes parents, ils se sont brouillés il y a des années.

— On dirait que vos parents en savent beaucoup, a suggéré Opal en haussant un sourcil.

— Même si nous avons déménagé il y a longtemps, mes grands-parents sont restés ici tout ce temps. Ma grand-mère est décédée il n'y a pas si longtemps. Apparemment, il y a eu une période où leur fils louait l'ancien cottage du gardien sur notre propriété parce qu'il ne parlait plus à son père.

— Je ne vois toujours pas en quoi cela nous aide à y voir plus clair, a dit Mme Alden, d'un ton agacé.

Considérant que sa fille nous avait volés et semblait responsable de tous ces orages effrayants, je devais admirer son attitude.

Il y a eu un autre coup de tonnerre, au moment même où la porte d'entrée s'est ouverte brusquement. Le vent l'a de nouveau saisie. La porte a claqué si fort contre le mur qu'une aquarelle s'est décrochée et la vitre du cadre s'est brisée sur le sol.

— Oh, mon Dieu, a dit ma mère en se levant rapidement.

Ma mère et Darlene se sont précipitées pour commencer à ramasser le verre tandis que Gabriel et Cam, deux des frères de Moira, ont franchi la porte, tous deux dégoulinants d'eau de pluie. Il y a eu une autre tournée de séchage de serviettes pendant que nous nettoyions le verre du tableau tombé.

— Et vous êtes ici parce que… ? ai-je demandé en regardant Gabriel et Cam une fois que je me suis rassise.

— Moira nous a envoyé un texto pour dire qu'elle était là, a dit Cam, en s'asseyant avec un soupir et en prenant une tasse de café que Darlene lui tendait.

Un autre grondement de tonnerre a retenti, et la pièce s'est illu-minée vivement sous l'impact de la foudre qui a suivi. Je me suis levée pour aller aux fenêtres et j'ai regardé dehors. Il n'y avait aucun signe de tornade comme lors du dernier gros orage, mais une pluie terriblement forte s'abattait contre les fenêtres. La vue extérieure était floue à cause de la pluie qui tombait à l'horizontale.

— Y a-t-il un sort que nous puissions jeter pour arrêter ça ? ai-je demandé en me retournant.

CHAPITRE DIX-NEUF

— Il va falloir beaucoup de puissance, déclara Gabriel Wicked Sr., le père de Moira, en balayant la table de son regard perçant.

La tempête faisait toujours rage dehors, mais nous avions tous quitté les bureaux du centre-ville pour nous réfugier chez mes parents. À mon insu, ma mère avait déjà organisé un dîner ce soir, ce qui n'était pas vraiment inhabituel. Elle avait invité plusieurs membres de la famille Wicked, de la famille Good, Beatrice Powers, et Bets Baker, la mère de Zoe Levesque, ainsi que Daniel et Zoe.

— Et si je l'arrêtais, tout simplement ? proposa Daniel d'un ton serviable, aux côtés de Zoe.

Nous étions assis dans la salle à manger de réception de mes parents, bien que le dîner de ce soir n'eût rien de formel. Cependant, nous avions besoin de l'espace. La longue table de la salle à manger pouvait accueillir jusqu'à vingt personnes.

Ma mère avait disposé un buffet sur le bahut et tout le monde s'était servi pendant que la tempête s'acharnait sur la maison.

Zoe cala la petite Betsey, qui dormait profondément sur son épaule, et jeta un regard à son mari en levant les yeux au ciel. — Bien sûr. Tu peux l'arrêter, mais tu ne peux pas annuler le sortilège.

— Est-ce qu'on peut vraiment y arriver ? demanda Nathan d'un air plutôt sceptique de l'autre côté de la table.

Edie, sa petite amie, lui donna un coup de coude. — Même moi, j'ai confiance en la quantité de magie réunie dans cette pièce.

Je me tournai vers elle. — Il y a beaucoup de magie, c'est vrai, mais nous avons besoin d'une magie spécifique. De blocage et d'atténuation. Je n'ai pas ces pouvoirs. Et puis, sait-on si ce que Viola a fait est à l'origine des problèmes de sortilèges ?

Gabriel Sr. inclina la tête en direction de Nathan et me regarda. — Je comprends votre inquiétude, mais les Good présents dans cette pièce ont largement assez de pouvoir de blocage, même si ce n'est pas l'un de vos pouvoirs. Beatrice est extrêmement douée avec ses pouvoirs de blocage. Quant à savoir si les sorts météorologiques de Viola affectaient périodiquement les sortilèges ici, je dirais qu'elle a dû utiliser ses pouvoirs d'interférence pour arrêter les tempêtes après les avoir déclenchées. C'est peut-être une sorte d'effet résiduel dû à la quantité de puissance que ces tempêtes impliquent.

Je hochai lentement la tête et regardai autour de la table, où je vis de nombreux autres hochements de tête approbateurs. — D'accord, eh bien, je suppose que ça se tient.

Beatrice intervint. — J'ai déjà appelé Tom Lewis et deux de ses amis sorciers. Ils vont aider à arrêter cette tempête.

— Ne devons-nous pas trouver Viola ? demandai-je avant de marquer une pause pour poser mon verre de vin.

Par miracle, le courant n'avait pas été coupé, bien que le vent n'eût pas faibli, pas même un peu. À cet instant précis, un autre coup de tonnerre retentit à l'extérieur. La foudre illumina le ciel au-dessus de l'océan. Nous avions une vue imprenable depuis les fenêtres de mes parents.

— Ce serait utile de la trouver, mais je pense qu'on peut suffisamment ralentir les choses pour la faire sortir de sa cachette, où qu'elle soit. J'aimerais juste qu'on sache pourquoi, marmonna Moira.

— C'est toujours ça, la question du pourquoi, n'est-ce pas ? lança Cam.

— Est-ce que cette tempête peut continuer toute seule, sans qu'elle ait besoin de maintenir le sort ? demanda Donovan.

— À moins qu'un facteur multiplicateur soit entré en jeu, comme ce qui est arrivé l'ânnée dernière avec les marguerites, c'est peu probable. Elle fait quelque chose pour que ça continue, commenta ma mère.

— Comme nous l'avons vu, elle a un assez bon contrôle, commenta Theo Good, aux côtés d'Opal. — Elle a déclenché et arrêté chaque tempête jusqu'à présent, donc j'imagine qu'elle fera de même avec celle-ci. La confronter au sujet des problèmes d'argent semble avoir déclenché quelque chose.

Le tonnerre gronda de nouveau, puis la sonnette de notre porte d'entrée retentit. On l'entendait à peine par-dessus le hurlement du vent.

— Qui diable cela peut-il bien être ? songea ma mère en se levant de table et en posant sa serviette. Elle sortit rapidement de la salle à manger et se dirigea dans le couloir vers l'entrée principale.

Les pas de ma mère résonnèrent tandis qu'elle traversait le couloir. Le vent soufflait si fort dehors qu'on l'entendit redoubler d'intensité lorsqu'elle ouvrit la porte.

Un instant plus tard, elle revint, Viola à ses côtés. Viola avait les cheveux humides et la peau pâle. Bien qu'elle affichât toujours son air guindé habituel, elle avait l'air quelque peu effrayée. À leur arrivée sous l'arche qui menait à la salle à manger, le murmure des conversations cessa tandis que nous nous tournions tous vers elles.

Ma mère jeta un coup d'œil à Viola, se pencha et murmura : — Voulez-vous que j'explique ?

Les yeux de Viola parcoururent la pièce avant qu'elle n'hoche la tête.

— Très bien, alors, commença ma mère. — Viola est passée parce qu'elle s'est doutée que nous serions ici et qu'elle a besoin de notre aide. Nous pourrons aborder le reste plus tard, mais si j'ai bien compris, elle a perdu le contrôle de la tempête qu'elle a déclenchée. Elle n'a pas assez de puissance pour l'arrêter. Elle est d'abord allée voir ses parents, qui lui ont suggéré de venir ici. Est-ce qu'ils vous rejoignent ici ?

Viola avait l'air dûment penaude et acquiesça. — Ils ont dit qu'ils arriveraient sous peu.

Opal se leva de sa chaise, posant légèrement les poings sur la surface de la table en acajou qui s'étendait sur toute la longueur de la pièce. — Nous sommes heureux d'aider. À ce stade, la tempête est une question de sécurité publique, dit-elle d'un ton sec. Ses yeux se plissèrent tandis qu'elle jaugeait Viola. — Vous pourriez peut-être expliquer ce que vous avez bien pu faire.

Viola avait les mains jointes devant elle, et je vis ses doigts se crisper là où ils étaient entrelacés. Ses épaules se soulevèrent puis s'abaissèrent alors qu'elle prenait une profonde inspiration avant de répondre : — C'est compliqué. Peut-on remettre les explications à plus tard, une fois qu'on aura maîtrisé la tempête ? Sa voix tremblait.

À ce moment-là, un autre éclair zébra le ciel, suivi d'un fort grondement de tonnerre. Avant que quiconque ait pu répondre, la sonnette retentit de nouveau.

Je me levai vivement. — J'y vais.

Je me suis dépêchée dans le couloir et j'ai ouvert la porte d'un grand geste pour découvrir les Alden qui attendaient.

— Entrez, je vous en prie, dis-je en leur faisant signe de passer. Je claquai vivement la porte juste au moment où une rafale de vent s'abattit sur la maison.

— Nous sommes tous en train de discuter là-bas, dis-je en les menant dans le couloir.

— Nous avions dit à Viola que nous pensions que vous seriez ici. Elle a besoin d'aide. Nous avons essayé de l'aider à arrêter ça, mais nous n'y arrivons pas, expliqua Mme Alden, le visage assombri par une mine soucieuse.

— Avant votre arrivée, nous discutions déjà de ce que nous pouvions faire, expliquai-je alors que nous arrivions dans la salle à manger.

Viola se tenait dans un coin, et la conversation avait repris de plus belle, les autres discutant des options pour arrêter l'orage. Ma mère salua les Alden et s'assura qu'ils étaient bien assis.

Pendant ce temps, Opal contourna la table et marcha droit sur Viola. — Nous attendrons votre explication, puisqu'elle est si compliquée, commença-t-elle avec un haussement de sourcil élégant. — Mais ne vous avisez pas de partir. Vous jouez avec une magie dangereuse et vous le savez. Vous avez mis tout le monde en danger avec toutes ces tempêtes.

Les lèvres de Viola se pincèrent et elle hocha la tête. — Je comprends.

Mon père prit la parole. — Nous avons un plan. Beatrice, avez-vous eu des nouvelles de Tom ? demanda-t-il en se tournant vers elle.

Beatrice sortit son téléphone portable de sa poche et jeta un œil à l'écran. — Tom est en route.

— Pouvons-nous arrêter la tempête d'ici ? demanda Mme Alden.

Gabriel Sr. la regarda. — Nous le pouvons. Ça va demander pas mal de puissance, mais nous pouvons y arriver.

— Pourquoi pensez-vous que la situation soit devenue incontrôlable ? demanda Viola, ayant enfin le courage d'intervenir.

Ma mère répondit : — J'ai fait quelques recherches sur la magie météorologique depuis que tout cela a commencé. L'un des risques potentiels est que vous jouez avec les forces de la nature. Tout comme la météo ordinaire, elle peut devenir incontrôlable d'elle-même. Le sort ne semble pas avoir d'effet multiplicateur. Vous avez choisi d'agir à une période de l'année où nous commençons naturellement à avoir plus de pluie et d'orages. Nous devons neutraliser le pouvoir de votre sort pour que la météo suive son cours naturel.

Viola se tordit les mains et hocha la tête, sans plus de commentaires.

Environ une demi-heure plus tard, un groupe de sorciers et de sorcières se tenait en un petit cercle sur la pelouse arrière de la maison de mes parents. Le vent soufflait en rafales et une pluie froide s'abattait du ciel. Mon père avait demandé à ceux d'entre nous qui n'avaient pas de pouvoirs de blocage de rester à l'intérieur. Il avait également demandé que les jumeaux restent avec leur mère près de Viola, prêts à utiliser leur pouvoir pour la contenir si nécessaire. Personne n'était encore enclin à lui faire confiance.

Je me tenais sur la véranda grillagée, à regarder et à attendre. Sur un signe de tête de Beatrice, qui semblait insensible à la pluie, tous les membres du cercle se prirent la main. Au total, le groupe comptait dix personnes : Beatrice, Tom et son ami sorcier, mon père, mon frère Liam, Gabriel Sr. et Gabriel Jr., Cam, Nathan et Donovan. Bien que les pouvoirs fussent répartis de manière assez égale entre sorcières et sorciers, les pouvoirs de blocage avaient tendance à être plus fréquents chez ces derniers. Tout comme les pouvoirs de guérison avaient tendance à être plus courants chez les sorcières.

Lorsque le groupe leva les mains jointes, je vis un scintillement s'élever dans l'air à travers la pluie, pas tout à fait des étincelles, mais presque. Un grand coup de tonnerre retentit et lorsque la foudre suivit, Cam et Gabriel Jr. la capturèrent. Quand ils la firent descendre, ils la tinrent entre eux, formant une boule lumineuse. La boule éclata en étincelles scintillantes lorsqu'ils la relâchèrent. Après quelques instants, le tonnerre se calma et la pluie ralentit.

Même si la pluie ne cessa pas, le vent, le tonnerre et les éclairs, si. Au moment où le groupe rentra dans la maison, tous trempés jusqu'aux os, le temps ressemblait à une averse printanière typique.

Je voulais forcer Viola à parler sur-le-champ, mais il y avait beaucoup de sorciers et sorcières mouillés et mal à l'aise. Beatrice et ses amis plus âgés partirent, Beatrice déclarant qu'elle prendrait des nouvelles plus tard. Ma mère décréta que Viola pourrait tout nous expliquer en petit comité.

Une fois que nous fûmes assis dans le petit salon, Viola prit une profonde inspiration, regardant mes parents. — Je voudrais m'excuser pour les problèmes de comptabilité que vous avez découverts. Je n'aurais pas dû voler. Je suis mortifiée par ce qui s'est passé, et je suppose que je pensais pouvoir contrôler la situation.

— J'ai oublié de le demander, Viola, lança sa mère d'un ton sec, mais, s'il te plaît, va droit au but et dis-nous ce qui a bien pu déclencher tout ce bazar.

Viola prit une autre profonde inspiration. — Vous connaissez l'homme qui vous a vendu la maison ?

Sa mère ayant hoché la tête, Viola continua : — Je l'ai rencontré parce que je suis sortie avec son fils pendant un certain temps. Comme vous le savez, ils se sont brouillés il y a des années. Sans que je le sache, son fils a gardé des documents compromettants sur moi. Très privés, si vous voyez ce que je veux dire.

Opal alla droit au but. — On parle de photos coquines ou quelque chose du genre ? On est peut-être vieilles, mais on n'est pas stupides.

Les joues de Viola virèrent au rose, et elle ferma les yeux. — Oui, c'est ça. Bref, après notre rupture, il s'en est servi pour me faire chanter afin de se venger de son père. Il détient une part importante de l'ancienne compagnie d'électricité, tandis que son père a beaucoup investi dans le parc éolien. Il voulait ruiner son père financièrement. L'argent a commencé à manquer parce qu'au début, je l'ai payé. Mais ça n'a pas suffi, et c'est là que j'ai commencé à détourner des fonds des comptes via les bons de commande modifiés. Il n'arrêtait pas. J'ai pensé que la meilleure solution serait de détruire le parc éolien moi-même. Le problème avec la magie météorologique, cependant, c'est que je n'ai pas beaucoup d'expérience en la matière. Ce n'est pas le genre de pouvoir que l'on a souvent l'occasion d'utiliser. Elle fit une pause et ferma les yeux. Les rouvrant, elle balaya la pièce du regard. — Voilà, vous savez tout.

Un silence s'installa avant que Cam ne lance, une lueur malicieuse dans les yeux en balayant la pièce du regard :

— C'est une blague ? Toute cette pagaille a commencé à cause de sextos ?

— Des sextos ?! s'exclama Mme Alden.

— C'est comme ça qu'on appelle l'envoi de photos coquines par texto, expliqua Cam, serviable.

Viola pinça les lèvres, ses joues virant à un rouge plus profond.

— Ne commence pas, Maman.

— Eh bien, je ne savais même pas ce que c'était, marmonna sa mère.

Je me mordis la lèvre pour ne pas rire et sentis la main de Donovan attraper la mienne depuis le fauteuil juste à côté de moi. Il la serra, et je levai les yeux vers lui juste à temps pour voir son clin d'œil.

Quand je reportai mon attention sur Viola, elle tenait sa tête entre ses mains. La relevant, elle inspecta la pièce.

— Les choses ont juste dérapé. C'est tout. Toute cette histoire de parc éolien, c'est le conflit sans fin entre lui et son père. Maintenant que j'ai appris à le connaître, je comprends pourquoi son père l'a mis à la porte. C'est un crétin égoïste.

Opal pencha la tête sur le côté.

— Ma foi. Vous vous êtes certainement créé beaucoup d'ennuis et vous en avez fait courir aux autres.

Moira suggéra :

— Heureusement que nous avons maîtrisé la tempête. J'espère seulement que vous serez plus prudente avec vos pouvoirs à l'avenir.

Mon père prit la parole et ajouta :

— Les pouvoirs météorologiques ne sont pas à utiliser à la légère.

Viola semblait vraiment consternée par la situation. Elle jeta un coup d'œil à Opal.

— Je ne sais pas ce que vous allez décider de faire pour l'argent que j'ai volé, mais je comprendrai si vous portez plainte.

Avant qu'Opal ne puisse répondre, M. Alden le fit.

— Votre mère et moi en avons déjà discuté. Vous ne vous occuperez plus de l'entreprise jusqu'à ce que nous trouvions quelqu'un d'autre pour la gérer. Même si nous devons faire un emprunt pour cela, nous rembourserons tous ceux que vous avez volés.

— Bien que la somme soit conséquente, ce n'est pas catastrophique, ai-je proposé.

— Serai-je inculpée ? demanda Viola, le menton levé et les épaules raides.

Opal croisa mon regard avant de se tourner à nouveau vers Viola.

— Nous en parlerons avec Daniel. Je ne sais pas ce qu'il choisira de faire, ni les autres commerces d'ailleurs. Nous conserverons notre compte tant que vos parents seront de retour aux commandes.

Après le départ de Viola et de ses parents, Nathan balaya la pièce du regard.

— Voilà une anecdote qui nous met en garde contre les sextos.

Edie lui donna un coup de coude dans les côtes.

— Ça suffit.

Tôt un matin, alors que je marchais sur le trottoir, une tasse de café fraîchement préparé du Magic Beans à la main, je me suis arrêtée près des jardins communautaires. Ils étaient inondés de couleurs, avec des fleurs épanouies parsemées au milieu de diverses parcelles de légumes.

Au bruit de pas qui s'approchaient rapidement, je me suis retournée pour voir Beatrice traverser la rue en quittant son groupe de marche rapide. Elle s'est arrêtée à côté de moi sur le trottoir.

— Bonjour, Juliette, a dit Beatrice, le soleil faisant scintiller ses cheveux argentés.

— Bonjour, Beatrice. Je n'ai même pas encore eu l'occasion de vous remercier pour votre aide, il y a quelques semaines avec cette tempête.

— Oh, ma chère, il n'y a pas de quoi. Pas du tout. Je considère que s'entraider pour les problèmes de magie fait partie de notre code, aussi tacite soit-il, entre sorcières et sorciers. Si nous voulons faire le bien avec nos pouvoirs, nous devons être prêts à aider quand la situation dérape.

— Eh bien, je ne sais pas si nous nous en serions sortis sans votre aide et celle de Tom Lewis et de son ami. Ça fait même plusieurs années que je n'ai pas vu son ami, à vrai dire.

— Tom l'a fait sortir en douce de la maison de retraite où il vit, a dit Beatrice avec une lueur malicieuse dans les yeux. Il est vieux, et lent comme tout, mais ses pouvoirs sont plus affûtés que jamais. C'est une chose qui ne s'estompe jamais.

— Dites-moi, je n'ai jamais su si Frances avait arrêté ses sortilèges pour tenter de tuer les autres jardins, ai-je demandé en jetant un nouveau coup d'œil au jardin communautaire.

Beatrice a secoué légèrement la tête. — Non, rien de plus. Après que je l'ai confrontée, puis Bets, elle est venue s'excuser.

— C'est agréable de voir le jardin communautaire prospérer.

— Bien sûr. Je voulais vous dire que j'ai eu l'occasion de voir les travaux que Donovan a faits sur sa ferme dans le verger, et c'est absolument magnifique. J'ai un bon pressentiment à votre sujet.

Même si Beatrice était toujours au courant des derniers potins, elle donnait rarement son avis sur les vies amoureuses. J'ai senti mes joues s'empourprer légèrement. — C'est un homme bien, et on verra bien où ça nous mène.

Beatrice a fait un clin d'œil. — Dites-lui que j'adorerais passer faire un peu de magie sur ce verger. Avec sa permission, je peux l'aider à le remettre sur pied en un rien de temps.

—Je le ferai.

Sur ce, elle m'a serré l'épaule et s'est éloignée en hâte, traversant la rue pour rattraper son groupe. Après un dernier regard aux jardins, je me suis retournée et j'ai poursuivi mon chemin vers mon bureau. Au moment où je tournais au coin pour traverser vers la place du village, j'ai de nouveau entendu mon nom.

Cette fois, mon estomac a fait un petit bond, car j'ai reconnu la voix de Donovan. En regardant devant moi, j'ai vu Sunshine bondir joyeusement au bout de sa laisse, sa queue frappant contre les jambes de Donovan alors qu'il trottinait sur le trottoir pour me rejoindre.

— Salut, ai-je dit en me penchant pour caresser la tête de Sunshine. Quand j'ai levé les yeux vers Donovan, mon estomac a fait un autre bond. Mon Dieu. Il suffisait que cet homme sourie pour que je sois un peu troublée.

Il s'est penché, effleurant mes lèvres des siennes tandis que Sunshine se tortillait entre nous. — Je me suis dit que je te rattraperais pour voir si tu avais le temps de déjeuner avec moi aujourd'hui, a-t-il dit en se redressant.

— J'ai toujours le temps de déjeuner. On se retrouve où ?

— Si ta mère veut bien garder Sunshine, je pensais qu'on pourrait aller à pied au Charm Café depuis ton bureau.

— Tu sais que ma mère adore s'occuper de Sunshine, ai-je répondu. Dis-moi quand tu seras là. Je n'ai pas de réunions aujourd'hui, juste des tas de feuilles de calcul et de chiffres.

— Parfait. Je passerai vers midi.

— Oh, tu devrais appeler Beatrice, ai-je dit juste avant qu'il ne commence à se détourner.

— Pourquoi ça ?

— Elle veut faire un peu de magie sur tes vergers. Je suis sûre que tout ce qu'elle fera te donnera une récolte exceptionnelle l'automne prochain si c'est ce que tu veux.

Donovan a affiché un large sourire. — Je l'appellerai.

Je l'ai regardé s'éloigner, songeant au commentaire de Beatrice. S'il y avait une personne dont je faisais confiance à l'instinct, c'était bien elle. Quiconque de ma famille était trop partial. Beatrice n'hésiterait pas à me dire si elle ne pensait pas que Donovan était l'homme qu'il me fallait.

Sous un ciel sans nuages, j'ai continué ma marche vers le bureau, appréciant cette journée claire encore plus que d'habitude. Après des semaines de tempêtes sporadiques et d'une puissance imprévisible, il était agréable d'avoir une journée claire et calme.

Finalement, Daniel avait refusé de porter plainte contre Viola. Les Aldens ayant accepté de rembourser toutes les personnes à qui elle avait pris de l'argent, toutes les entreprises concernées avaient décidé que c'était plus que suffisant.

Entre-temps, les Aldens m'avaient en fait engagée pour faire un audit de leurs comptes des cinq dernières années. Ils n'avaient pas encore décidé qui allait reprendre la direction de leur entreprise. Le conflit entre le père et le fils au sujet du terrain du parc éolien et des investissements de son fils se poursuivait, mais cette fois par la voie plus normale des tribunaux. Ils déposaient des plaintes l'un contre l'autre à tour de rôle.

Juste au moment où je franchissais la dernière marche du porche des bureaux de ma famille, un bourdon a vrombi près de moi, le bourdonnement fort et proche. J'ai sursauté en arrière, m'exclamant puis le regardant s'envoler vers une parcelle de chèvrefeuille qui courait le long de la propriété.

———

Merci d'avoir lu *A Stormy Spell!*

Pour plus de malice, de magie et de grabuge à Charm Cove, tournez la page pour un aperçu de *A Stitch of Magic* le prochain livre de la série *This Good Witch Mystery Series.* Juliette Good a encore beaucoup de choses à vous raconter sur la vie d'une *gentille* sorcière.

Si vous souhaitez recevoir des nouvelles de mes prochaines sorties et d'autres informations, inscrivez-vous à ma newsletter : subscribe page.io/35IYqX

EXTRAIT : A STITCH OF MAGIC

JULIETTE GOOD

Le matin de ce début décembre se leva, froid et lumineux sur Charm Cove, dans le Maine. Un coup d'œil par la fenêtre me révéla un paysage couvert d'une neige duveteuse tombée la veille au soir. Au loin, le soleil scintillait sur l'océan Atlantique. Le ciel était bleu et dégagé, la tempête de neige de la nuit passée s'était dissipée avec le lever du soleil.

Après avoir fini mon café, je rinçai ma tasse et la mis dans le lave-vaisselle. Alors que je me dirigeais vers la porte d'entrée, ma chienne Sunshine se leva de l'endroit où elle faisait la sieste, sur le sol, dans une parcelle de lumière projetée par les fenêtres. Ses griffes cliquetèrent sur le parquet tandis qu'elle s'approchait, tout son corps remuant en même temps que sa queue.

— Salut, ma belle, dis-je en lui caressant la tête avant d'attraper ma veste sur le crochet près de la porte.

Quelques minutes plus tard, j'avais déneigé ma voiture pendant qu'elle préchauffait. Puis, après une petite pause pipi pour Sunshine, je la laissai sauter sur le siège passager avant. Sunshine venait travailler avec moi tous les jours et était la vedette de l'immeuble de bureaux de ma famille.

Sur la route de la ville, tout le paysage était poudré de neige, scintillant sous le soleil éclatant. Quand je tournai sur Charming Way, la rue qui menait au centre-ville de Charm Cove, je souris. La ville se préparait pour les fêtes : des couronnes étaient accrochées aux devantures des magasins et aux maisons, et une équipe municipale installait des guirlandes de Noël sur les lampadaires et autour de la place du village.

Je me garai en face de Magic Beans, mon café préféré, et je laissai le moteur tourner avec le chauffage pour que Sunshine reste au chaud. J'attendais sur le trottoir, près de la place, pour traverser la rue et prendre mon café à emporter, mais au moment où je descendis du trottoir, un cri perçant déchira l'air vif de l'hiver.

Je me retournai brusquement, mes yeux cherchant l'origine du son. J'aperçus une femme dans un coin de la place, la main sur la bouche, qui regardait fixement quelque chose par terre. Je courus vers elle au même moment où l'un des hommes de l'équipe qui installait les guirlandes de Noël l'atteignit par l'autre côté. Un terrible pressentiment me serra l'estomac lorsque je baissai les yeux sur le corps d'un homme dans la neige.

L'homme était allongé sur le ventre, et le sang tachait la neige immaculée sous lui. Au moment où l'employé municipal se penchait comme pour retourner le corps, je dis :

— Non. Il faut appeler la police.

Alors, l'homme dans la neige bougea, et nous sursautâmes tous. Il se retourna lentement. Le soulagement m'envahit. C'était un homme âgé, à la peau pâle et parcheminée. Je ne le reconnus pas jusqu'à ce que ses yeux marron s'ouvrent. Tom Lewis nous regarda tous les trois, qui étions penchés sur lui.

— J'aimerais toujours que vous appeliez la police, mais ce n'est pas un meurtre, dit-il d'une voix rauque.

Son épaule était ensanglantée, et je m'empressai d'appeler la police. Après que l'opérateur m'eut assuré qu'ils étaient en route, je m'agenouillai près de Tom dans la neige. La femme qui l'avait découvert l'avait déjà calé avec son manteau. L'homme de l'équipe d'éclairage se précipita pour aller chercher une trousse de premiers secours dans leur camion.

— Que s'est-il passé ? demandai-je en inspectant soigneusement l'épaule de Tom.

— Isobel Martin m'a attaqué avec une aiguille à tricoter, expliqua Tom. Ça fait un mal de chien.

— Une aiguille à tricoter ? demanda la femme qui l'avait trouvé au moment même où je demandais :

— Isobel ?

— Je sais à quoi ressemble une aiguille à tricoter, et c'est avec ça qu'elle m'a poignardé, dit Tom en désignant son épaule. Ses yeux se posèrent sur les miens. — Oui, Isobel.

Pour quelqu'un qui venait d'être attaqué par une aiguille à tricoter, il avait toute sa tête. L'ambulance arriva, suivie de près par la police. L'après-midi, les rumeurs et les spéculations allaient bon train dans tout Charm Cove. Une agression à l'aiguille à tricoter lançait la saison des fêtes.

1.click. A Stitch of Magic

Si vous souhaitez recevoir des notifications sur mes nouvelles sorties et autres actualités, inscrivez-vous à ma newsletter : subscribe page.io/35IYqX

MES LIVRES

Merci d'avoir lu cette histoire ! J'espère que la magie vous a plu. Si c'est le cas, voici quelques manières d'aider d'autres lecteurs à découvrir mes livres.

1) Laissez un commentaire !

2) Inscrivez-vous à ma newsletter pour recevoir les informations sur les nouvelles sorties : subscribepage.io/35IYqX

3) Aimez ma page Facebook sur https://www.facebook.com/lucymayauthor/

Série This Good Witch Mystery
Wish Upon A Witch
A Stormy Spell
A Stitch of Magic
Bee Charmed
Série Wicked Good Mystery
Destiny's A Witch
Hex Me Not
Spells & Silver Bells

The Great Maple Caper
Oopsy Daisy
Siren Song Gone Wrong
Pumpkin Patch Murder
Série Lemon Tea Cozy Mysteries
Witch You Wouldn't Believe
A Spell to Tell
Witch is When it Gets Crazy